Roland Voggenauer

Übersee

PENDRAGON

Unsere Bücher im Internet:
www.pendragon.de

2. Auflage

Originalausgabe
Veröffentlicht im Pendragon Verlag
Günther Butkus, Bielefeld 2008

Lektorat: Günther Butkus, Markus B. Eberwein
Umschlag: Uta Zeißler
Umschlagfoto: Roland Voggenauer
Motiv: Chiemsee bei Prien-Harras
Satz: Pendragon Verlag auf Macintosh
Gesetzt aus der Adobe Garamond
Druck: Aalexx Druck GmbH, Großburgwedel
ISBN 978-3-86532-090-2
Printed in Germany

Vorbemerkung

Diese Geschichte ist frei erfunden.

Alle Handlungen darin sind rein fiktiv – bis auf die unvermeidbaren wahren Kerne, die hoffentlich alle Geschichten haben, auch wenn sie für die Erzählung an sich oft vollkommen unbedeutend sind.

Gleiches gilt für die handelnden Personen, von denen einige schon in meinem ersten Chiemgau-Krimi ‚Blut und Wasser' vorkommen. Ich möchte aber ausdrücklich betonen, dass neben allen anderen Figuren vor allem die hier zentrale Person des Johann Steinberger, alias ‚Bachler', komplett ausgedacht ist. Sie hat nichts mit lebenden oder toten Personen zu tun, jedenfalls soweit es mir bekannt ist.

Auch die dargestellten Ereignisse bei Kriegsende in Prien und Umgebung sind größtenteils erfunden. Was davon wahr ist, kann man, wenn man möchte, leicht feststellen, denn ich habe mich nur auf frei zugängliche Quellen gestützt. Alles, was sich dort nicht findet, ist erfunden und erhebt keinerlei Anspruch auf historische oder gar militärische Wahrheit. Beispielsweise ist der SS-General Franz Breithaupt tatsächlich bei Weisham erschossen worden, aber die

Umstände seiner Ermordung, wie ich sie darstelle, sind historisch nicht belegt.

Meine wesentlichen Quellen sind das ‚Priener Heimatbuch' (Adolf von Bomhard, 1958) und die ‚Priener Chronik' (Lenz Kollmannsberger/Peter Hattenkofer, 1997); beide herausgegeben von der Marktgemeinde Prien am Chiemsee.

Das erstgenannte Buch selbst spielt eine gewisse Rolle. Ich habe mir erlaubt, es mit Zitaten aus dem zweitgenannten Buch und auch erfundenen Passagen zu ergänzen.

Eine Lüge, die ein Leben trägt,
ist besser als eine Wahrheit,
die ein Leben zerstört.

Isländisches Sprichwort

Prien am Chiemsee
Donnerstag, 3. Mai 1945

Die amerikanischen Soldaten hatten sich hinter der Hecke vor dem *Jägerhaus* versteckt und beobachteten gespannt die Brücke.

Ihre Gewehre waren auf die Männer gerichtet, die sich in gut 200 Metern Entfernung von ihnen an dem Viadukt zu schaffen machten.

„Mein Gott!"

Der Soldat presste die Worte hervor, während er sein Fernglas sinken ließ.

„Ich glaube, sie hängen ihn auf."

„Und? Eine Ratte weniger ...", sagte der Anführer der Gruppe regungslos und ohne sein Fernglas abzusetzen.

„Er ist noch ein Kind …"

Der Soldat sah seinen Sergeanten fassungslos an.

„Ein Bastard!", gab der zurück und blickte weiter angespannt zu der Szene hinüber.

„Und was machen wir jetzt?", fragte der Soldat nach kurzem Schweigen.

„Abwarten ... und aufpassen, dass sie diese Scheiß-Brücke nicht in die Luft jagen."

Der Sergeant stand auf und blickte nach Süden – die Richtung, aus der er die Panzer erwartete.

„Es geht los“, sagte ein anderer Soldat. „Der Typ hat sich gerade eine Kabeltrommel geschnappt.“

Der Sergeant richtete sein Fernglas wieder auf die Brücke.

Er sah wie einer der Männer heftig gegen den auf dem Boden liegenden Soldaten trat und ihn dann an seiner Uniformjacke hochzog.

Der junge Soldat mühte sich vergebens, einen festen Stand zu finden. Er taumelte mit hinter dem Rücken gebundenen Händen und dem Seil um den Hals.

Der Mann zog ihn an dem Strick zu sich in Richtung des Brückengeländers und stieß ihn im gleichen Moment von hinten über die niedrige Brüstung. Der Soldat fiel vornüber in das kurze Seil, das sich sofort spannte und ihn wieder ein Stück nach oben zog.

Er baumelte direkt unterhalb der Brücke wild hin und her, zog die Schultern hoch, als wolle er nach seinem Hals greifen, und versuchte im Todeskampf, die Fesseln hinter seinem Rücken zu lösen. Sein Körper verkrampfte und erschlaffte abwechselnd.

Der Sergeant verzog keine Miene. Er ließ das Fernglas sinken und schaute wieder ungeduldig nach Süden.

In der Ferne hörte man jetzt schon schwach das Rattern der herannahenden Panzer.

Die Männer auf der Brücke hatten es auch gehört. Sie beeilten sich.

„Verdammt! Der rollt das Kabel aus“, rief plötzlich einer seiner Soldaten.

„Ok“, gab der Sergeant jetzt entschieden zurück. „Dann macht euch fertig!“ Wieder blickte er hinüber zum Aschauer Viadukt. Er sah einen der Männer eine Kabeltrommel abrollen, während ein anderer sich den zweiten Soldaten packte.

„Ihr fünf ...“ Der Sergeant zeigte nacheinander auf fünf seiner Schützen, „Jeder Schuß ein Treffer. Ich will nicht, dass sie zurückschießen.“

„Kein Problem“, sagte einer der amerikanischen Soldaten. Er klemmte seine Unterlippe zwischen die Zähne und zog den Gewehrkolben enger an seine Schulter.

Wie seine Kameraden blinzelte er durch sein Zielfernrohr und wartete auf das Kommando.

Sergeant Hill blickte durch das Fernglas und sah wie der Mann die Kabel an den kleinen Kasten anschloß.

„Auf 3“, presste er hervor. „1 – 2 – Feuer!“

Dann fielen die Schüsse.

1

„Wir starten“, hört Sylvia die Stimme des Kapitäns aus dem Lautsprecher und schließt ihre Augen.

Gleich darauf beschleunigt die Maschine abrupt und so schnell, dass Sylvia sanft in ihren Sitz gedrückt wird. Während die Lichter entlang der Startbahn an ihr vorbei fliegen, zählt sie leise die Sekunden, wie sie es immer tut.

Auch nach Hunderten von Flügen, kommt es ihr immer noch wie ein kleines Wunder vor, wenn solch ein Koloss aus Eisen und Stahl so elegant und scheinbar mühelos die Bodenhaftung verliert.

Sie hat gelernt, dass der Start höchstens eine halbe Minute dauern darf. Falls es länger dauert, wäre das schlecht, hat man ihr gesagt, da könne man schon mal mit dem Beten beginnen. Es hat aber noch nie länger gedauert.

Diesmal kommt sie bis 28, dann hebt der Flieger ab.

28 ist eine gute Zahl, denkt sie sich, öffnet ihre Augen und lächelt beruhigt. Sie blickt aus dem kleinen Fenster und sieht wie das Flugzeug langsam den Boden unter sich läßt. Es kommt ihr vor wie ihr Leben, das sie unter sich läßt, wie ihr Leben, das sich von ihr entfernt.

Die Maschine hebt sich vorn, und als sie hört,

wie das Fahrwerk eingezogen wird und die Klappen sich mit einem merklichen Ruck schließen, ist ihr, als sei eine Tür hinter ihr ins Schloss gefallen. Es gibt kein Zurück in ihr altes Leben, nur ein Vorwärts, ein Aufwärts in ein neues Leben.

Sie sieht aus dem Fenster und beobachtet wie die Dinge unter ihr kleiner werden. Die Häuser und Straßen, die Autos, die Bäume, alles verschwimmt langsam im Dunst der Dämmerung.

Wieder schließt sie ihre Augen und denkt an ihr Leben.

Letzte Woche hat sie ihren Mann verlassen, ihre Familie, ihr Zuhause und hat für sich entschieden, eine Weile in einer anderen Welt zu leben, einer neuen Welt, von der sie nicht viel weiß. Wie lange sie bleiben wird, wann sie zurückkommt, ob sie überhaupt zurückkehren wird ...? Fragen über Fragen und kaum eine Antwort, nur die eine Gewissheit, sie musste raus aus einer Welt, die sie nicht mehr als ihre eigene ansieht, in die sie hineingeboren ist und mit der sie sich lediglich arrangiert hat.

Sie hat immer das Beste daraus gemacht.

„Darf ich Ihnen etwas zu trinken anbieten, Frau Dr. Staudacher?"

Sylvia schlägt die Augen auf und blickt in das Lächeln der Stewardess.

„O ja, einen Kaffee und ein Wasser, bitte."

Sie hält den Becher in beiden Händen und bläst behutsam in den aufsteigenden Kaffeedampf, während die Wolken unter ihr vorbeiziehen wie die Bilder ihrer Geschichte.

Sie muss lächeln, als sie an diesen Faschingsball denkt, auf dem sie Matthias zum ersten Mal getroffen hat. Seine Verkleidung als Pirat ist lächerlich gewesen, aber irgendwie fand sie ihn auch ..., sie überlegt. Schon so oft ist sie an dieser Stelle hängen geblieben, wenn sie sich gefragt hat, was sie eigentlich zusammengebracht hat. Meist endet es damit, dass sie sich sagt, sie habe ihn einfach *niedlich* gefunden, so *unbeholfen niedlich*, wie es ein Pirat einfach nicht sein durfte. Das hat sie damals zumindest zum Lachen gebracht, heute nicht mehr, aber das ist sicher einer der Gründe, denkt sie.

Die meisten Fremden, denen sie vorgestellt wurde, machten immer eine eigentümliche Veränderung durch, wenn sie erfuhren, wen sie vor sich hatten. Manche verfielen in eine Dienerhaltung, die bis zur Unterwürfigkeit führen konnte: *Ah, die junge Frau Thanner.* Aber die meisten kannten sie und begegneten ihr mit gehörigem Respekt.

Ihre Freunde haben sie gelangweilt an diesen Abend im Charivari, und Matthias hat sie nicht gekannt. Das wollte sie ihm zunächst nicht abkaufen, aber als er auch kurz vor Mitternacht noch standhaft lallte, dass er von den Thanners nie gehört habe, und dass da, wo er herkommt, nämlich vom Samerberg, andere Dinge wichtiger seien als die *Priener Schickeria,* da hat sie zum ersten Mal mit ihm gelacht und gemeint *Betrunkene sagen die Wahrheit!*

Und betrunken war er, da war sie sich sicher, genauso wie sie glaubte, dass sie es nicht sei und ihn nach Hause fahren könne, denn nach Mitternacht waren sie plötzlich allein. Erst die frische Luft machte ihr klar, dass das keine gute Idee war. Es war nicht kalt in dieser Nacht, und so beschloss sie kurzerhand für ihn mit, dass ein paar Stunden Schlaf im Auto ihnen beiden gut tun würden. Das war das erste Mal, dass sie eine Entscheidung für ihn traf. Sie kletterten in ihren Kombi und streckten sich albernd auf der Ladefläche aus. Gedanken machte sie sich keine, denn Matthias war so betrunken, dass er kaum noch stehen konnte, *naja, fast nicht.* Jedenfalls meinte sie hinterher, dass sie beide sofort eingeschlafen seien, aber das konnte nicht lange gedauert haben, denn irgendwie ist es dann doch passiert. Und es war sicher nicht so, dass sie nichts mitbekommen hätte. Aber sie konnte später nicht mehr sagen, wie und wer das alles begonnen hatte.

Ihre Erinnerung begann damit, dass er sich tief atmend durch ihren weiten Hexenrock wühlte und ihr Dinge ins Ohr flüsterte, für die sie beschwipst genug war, um sie witzig zu finden. Sie lachte herzhaft.

Als seine Fingerkuppen über ihren nackten Rücken hinauf und hinab flogen, zuckte sie abwechselnd zurück und ihm entgegen. Sie wußte irgendwann nicht mehr, ob sie berauscht oder nur kitzelig war. Mit beiden Händen umklammerte sie seinen Kopf und drückte ihn gegen ihre Brust. Er fühlte sich gut an, und sie ließ es nicht nur einfach geschehen, sondern zog ihn immer näher an sich heran, bis später alle Dämme brachen.

Egal, egal, egal, dachte sie sich und presste seinen Körper fester in ihre Umarmung.

Leichte Zweifel kamen ihr erst, nachdem sie wieder ruhiger atmete und Matthias schon wieder eingeschlafen war. Trotzdem schlief auch sie sanft neben ihm wieder ein und fühlte sich gut dabei.

Sie wachte auf, während es draußen langsam

dämmerte. Ihr selbst aber dämmerte es ziemlich schnell, dass sie jemand hätte sehen können. Ihr Wagen war bekannt in Prien. Er müsste auffallen, wenn er so ganz allein in der Frühlingstraße stand, ausgerechnet in der Frühlingstraße. Sie hatte plötzlich Angst, dass man sie sehen könnte.

Zum Glück war an diesem Morgen kaum jemand unterwegs, und die Frühlingstraße war eine Seitenstraße, die um diese Zeit noch schlief, jedenfalls an einem Aschermittwoch Morgen.

Matthias, der Pirat, machte sich keine Sorgen. Er schnaufte leise, als sie ihn vorsichtig rüttelte.

„Ich fahr dich nach Hause“, hat sie gesagt und ist auf den Fahrersitz geklettert. Matthias murmelte etwas Unverständliches und drehte sich um.

„Was hast du gesagt, wo du herkommst?“ Sylvia drehte sich nochmal zu ihm um. „Samerberg?“

Matthias grunzte nur.

Als sie auf die Bernauer Straße hinausfuhr, ging sie sich mit den Fingern durch die Haare, um ihre Frisur notdürftig in Ordnung zu bringen. Dabei schüttelte sie mehrfach den Kopf und murmelte vor sich hin: *Samerberg? Wie fahr' ich da eigentlich hin?*

Auch jetzt schüttelt sie wieder den Kopf und wundert sich, dass sie sich noch so gut an all das erinnern kann.

Das alles ist etwa 10 Jahre her und trotzdem meint sie auch heute noch, den Geschmack der Piratenschminke auf ihren Lippen zu spüren.

Sie fragt sich nie, wo die Zeit nur geblieben ist. Es sind 10 Jahre, und in dieser Zeit ist sehr viel passiert, aber Sylvia kann sich an fast jede Einzelheit in ihrer Beziehung erinnern. Ihr Gedächtnis funktioniert großartig wie eh und je. Sie musste sich immer darauf verlassen können, und es hat sie selten im Stich gelassen. Matthias wundert sich häufig, dass sie sich an Dinge erinnert, die er längst verdrängt hatte, weil er sich – wie er sagt – nur die wichtigen Dinge merken würde. Sylvia sagt dann meist, *was wichtig ist, das weiß man oft erst im Nachhinein.* Seine unbedarfte Vergesslichkeit treibt sie regelmäßig zum Wahnsinn.

„Noch einen Kaffee, Frau Dr. Staudacher?“, reißt die Stewardess sie aus ihren Gedanken.

Sylvia winkt ab. „Danke, später.“

Es war ein Karfreitag und ihre Mutter war ohnehin nicht gut gelaunt.

„Mama, ich glaube, ich bin schwanger“, hat sie gesagt und ist gleich darauf in Tränen ausgebrochen.

Der Zeitpunkt war schlecht gewählt, eigentlich gar nicht gewählt. Sie hat den Test direkt nach dem

Aufstehen gemacht, zum dritten Mal, und jedesmal war das Ergebnis dasselbe: Positiv. Der Streifen war blau wie er blauer nicht hätte sein können. Sie hat ihn angestarrt, ja angefleht, er solle sich wieder verfärben. Dreimal hat sie das getan. Aber jetzt glaubte sie es, und beim Frühstück sprudelte es einfach so aus ihr heraus, ohne dass sie es hätte kontrollieren können.

Ihre Mutter starrte sie fassungslos an, ihr Vater ließ die Zeitung sinken.

„Kind, wos soggst du? Schwanger?"

Sylvia schüttelte sich in einen Weinkrampf hinein und ihr Vater fragte: „Vo wem?"

Doch Sylvia konnte nicht mehr antworten. Sie brachte den Namen einfach nicht über die Lippen.

„Um Gotts Wuin! Kind!", hat ihre Mutter gesagt. „Wos füra Schand? Wos deama'n jetz?"

Auch ihr Vater war anfangs geschockt. „Wos werd'n d'Leit song?", war für ihn die wichtigste Frage.

Matthias war zunächst nur sprachlos, doch dann konnte er seine Freude kaum verbergen. In den Wochen nach dem Faschingsball haben sie sich noch ein paar Mal getroffen. Er hat sie nicht bedrängt, aber er hat ihr gesagt, dass es für ihn Liebe auf den ersten Blick gewesen sei. Das hat sie ihm nicht abgenommen. Er wollte mit ihr zusammen sein. Das wiederum glaubte sie ihm sofort, aber sie hielt sich oft tagelang von ihm fern. Nicht, dass sie ihn nicht mochte. Im Gegenteil. Sie konnte mit ihm und über ihn lachen wie mit keinem anderen Mann. Oft fragte sie sich, ob das daran lag, dass sie ihn ... sie suchte schon damals nach dem Wort ... niedlich fand. Es gefällt ihr auch heute nicht, dass sie nie ein anderes Wort dafür fand, aber das war es einfach.

Und er weckte in ihr einen Beschützerinstinkt. Einerseits genoss sie es, andererseits aber war die Beziehung zu ihm mit ihren Plänen nicht vereinbar – ganz zu schweigen von der Schwangerschaft an sich. Die war mit ihrem ganzen Leben – wie sie meinte – nicht vereinbar, aber sie sah ein, dass ihre familiäre Situation es ihr leicht machte, ein Kind zu bekommen und – was wichtiger war – aufzuziehen. Sie hatte die Unterstützung ihrer Familie; eine Abtreibung wäre nicht in Frage gekommen. An eine Heirat dachte sie jedoch auch nicht, nicht im Entferntesten. Und sie war zunächst schockiert, als ihre Eltern den Gedanken aufbrachten.

„Aba heirodn, des miassats scho."

Ihr Vater hat das so bestimmt gesagt, dass ihr der Ernst der Lage ziemlich schnell klar war.

Er sei nicht die schlechteste Wahl, hat ihre Mutter gesagt, als ob es ihr darauf angekommen wäre.

Sie widersprach erst heftig, aber sie gab es schnell auf. Es hatte noch nie Sinn gemacht, sich ihren Eltern in den Weg zu stellen, obwohl sie genau das immer hätte tun sollen. Und Matthias stand auf deren Seite, eigentlich auch auf ihrer, ohne dass sie das gewollt hätte. Sie glaubte schließlich, sie könne sich mit der Situation arrangieren, vielleicht nicht ganz so schnell wie man die Hochzeit im Handumdrehen ansetzte und plante, aber immerhin. Und sie begann, eigene Pläne zu schmieden, Pläne für die Zeit nach der Geburt. Sie war es immer gewöhnt, die Dinge allein anzupacken. Diesmal war sie ausgerutscht, aber sie würde alleine aufstehen und dann auch wieder alleine weitergehen, dachte sie sich. Das hat sie dann zwar nicht ganz geschafft, wie sich später herausstellen sollte, aber sie war nicht unzufrieden.

Als sie vor dem Altar standen, war Matthias überglücklich. Es machte sie sogar stolz, ihn so in die Welt strahlen zu sehen. Sylvia spürte die Bewegungen in ihrem Schoß und senkte ihren Blick nach unten.

Als der Pfarrer sie fragte, spürte sie diesen leichten Tritt in ihrem Bauch und zuckte merklich zusammen. Sie legte ihre flache Hand auf die kleine Wölbung und der Pfarrer blickte sie fragend an.

„Ja", hat sie gesagt, und in diesem Moment hat sie es auch so gemeint, zumindest gewünscht. Weglaufen konnte sie ja immer noch.

Jetzt wollte sie erstmal die anderen machen lassen. Und die machten.

Ihre Eltern stellten dem jungen Paar eine angemessene Wohnung in Prien zur Verfügung, und Matthias gab seinen Job als Büro-Kaufmann in der Rohrdorfer Zementfabrik auf, denn sein Schwiegervater konnte ihm kurzfristig eine Stelle in der Priener Gemeindeverwaltung besorgen. Im Grundbuchamt war gerade etwas frei, und er meinte, das würde schon für ihn passen – tat es dann auch.

Sylvia fuhr hin und wieder zu Vorlesungen nach München.

Sie wollte ihr Jura-Studium in dieser Zeit etwas schleifen lassen, um sich eigentlich voll und ganz auf die Schwangerschaft zu konzentrieren. Sie meinte, sie könne es sich leisten, ein bisschen Zeit zu verlieren.

Doch dann kam es wieder anders, als sie geplant hatte.

An einem Wochenende im Frühsommer ist die Tragödie geschehen.

Sylvia wachte gegen vier Uhr früh auf und spürte ein starkes Ziehen in der Bauchgegend. Sie stand auf und wollte in die Küche gehen, aber sie kam nicht weit, denn ihre Beine sackten einfach unter ihr weg. Als Matthias aufwachte, stand sie auf den Bettpfosten gestützt direkt neben ihm. Sie bat ihn, ihr ein Glas Wasser zu bringen. Sie habe wahnsinnigen Durst und schwitze stark.

Matthias sprang aus dem Bett, und noch bevor er wieder bei ihr war, hatte sie massive Bauchkrämpfe und konnte sich nicht mehr aufrecht halten. Er nahm sie auf die Arme, um sie zurück ins Bett zu tragen. Dabei muss er wohl die Blutlache auf dem Fußboden bemerkt haben, denn kaum, dass er sie abgelegt hatte, stürzte er sofort zum Telefon.

Als der Notarzt eintraf, war Sylvia fast nicht mehr ansprechbar.

Sie hatte erhebliche Blutungen und fieberte schweißgebadet vor sich hin.

Dann ist alles sehr schnell gegangen. Die Sanitäter brachten sie zu dem wartenden Krankenwagen. Matthias ließ sie nicht aus den Augen. Er hielt ihre Hand, bis man sie ihm vor der Notaufnahme entriss.

Was danach passierte, bekam sie nicht mehr mit.

Während sie langsam aus der Narkose aufwachte, spürte sie, dass jemand ihre Hand hielt. Sie wusste, es war Matthias' Hand, aber sie sah ihn nicht an. Da war das Gesicht dieser Ärztin, die sie mitleidig anlächelte und nichts sagte, aber Sylvia wusste, was sie sagen wollte.

Sie drehte den Kopf zur Seite. Matthias stand an ihrem Bett und blickte sie an. Er weinte. Sylvia schloss die Augen wieder und murmelte: „Das Kind ... ?"

Sie hörte die Ärztin nur von ferne, wie unter Wasser. „Sie haben viel Blut verloren."

Als ob das wichtig gewesen wäre. Sie wusste, sie hatte das Kind verloren. Allein mit diesem Gedanken fiel sie wieder zurück in einen tiefen traumlosen Schlaf.

Tage später, als sie wieder bei Sinnen war, hat die Ärztin ihr erklärt, was genau geschehen war: Chromosomendefekt, die häufigste Ursache für solche Abgänge, und sie hat gesagt, dass ihr Kind nicht zu retten gewesen sei. Sylvia konnte das alles verstehen, erklären konnte sie es sich aber nicht; und wie immer in solchen Situationen, traf sie eine Entscheidung.

Ein Leben muss gehen, damit ein anderes begin-

nen kann, hatte ihre Mutter manchmal gesagt, und Sylvia hat sich entschlossen, ein neues Leben zu beginnen.

Sie wollte die Dinge jetzt wieder selber in die Hände nehmen.

Sie hat oft versucht sich vorzustellen, wie es gewesen wäre, wenn sie das Kind bekommen hätte, aber sie hat nie die Geduld gehabt, sich ein rundes Bild auszumalen. Mit hypothetischen Fragen der Art „Was wäre, wenn …“ hat sie sich noch nie lange aufgehalten. *Wenn-i-daat-i-waar-i*, ist ein Spruch, den sie von ihrem Vater übernommen hat und gerne benutzt.

Sie will nach vorn blicken und ihr Leben selbst gestalten. Die wenigen Male, in denen andere über ihr Leben bestimmt haben, haben zu nichts Gutem geführt, im Gegenteil: Diese Dinge sind grandios in die Hose gegangen.

Sie will es besser machen. Sie hat etwas gut zu machen. Sie hat etwas aufzuholen.

Während sie jetzt darüber nachdenkt, kommt ihr das alles so logisch, so selbstverständlich vor. In Wahrheit aber hat dieser Prozess sie ein Jahr gekostet; ein Jahr; das nicht schmerzfrei gewesen ist. Immer wieder haben Depressionen sie geplagt, und sie war froh, dass ihre Familie, allen voran Matthias, das alles klaglos ertragen hat. Dafür war sie ihm insgeheim sogar dankbar.

Trotzdem dachte sie damals beinahe täglich an eine Trennung. Sie ging aber nicht, weil sie wusste, dass sie sich damit in der eigenen Familie isoliert hätte.

A Gschiedene war und ist in der Familie Thanner gleichbedeutend mit *eine Aussätzige*.

Das Jahr nach der Katastrophe, das war die Zeit, die sie verloren hatte. Zumindest sah es von außen so aus. Für sie war es nicht so. Sie hatte genau diese Zeit für sich gebraucht. Ein ganzes Jahr, um herauszufinden, dass sie nicht das Leben einer Fremden führen könne, dass der liebe Gott ihr ein eigenes Leben gegeben hatte, und dass sie gewillt war, das Geschenk anzunehmen. Nur wann, das wusste sie damals noch nicht.

„Darf es jetzt noch etwas sein, Frau Dr. Staudacher?"

Die Stewardess geht ihr langsam auf die Nerven. Auch, dass man sie jedesmal mit ihrem Namen anspricht, ist ihr peinlich. Bei Vielfliegern mit Senator-Status ist das eben üblich, sicher, und sie könnte ja darauf hinweisen, dass sie das nicht mag, aber sie will auch keine Sonderbehandlung, in keiner Weise.

„Danke!" Sylvia lächelt freundlich zurück und denkt sich, *du machst auch nur deinen Job, und nicht mal schlecht.*

Der erste Schritt zurück in ihr eigenes Leben bestand darin, dass sie sich mit Gewalt wieder in ihr Studium stürzte. Sie verließ die gemeinsame Wohnung und bezog in München ein kleines Appartment, wo sie deutlich mehr Zeit für sich und ihr Studium hatte. Sicher, in Prien redeten die Leute über sie, aber das taten sie so oder so, und auch wenn es ihren Eltern nicht recht war, sie konnten die Umstände plausibel erklären. Und das war wichtig, für ihre Familie. Sylvia war es eigentlich egal. Sie kam voran. Ihre Rechnungen gingen auf. Matthias rückte mehr und mehr in den Hintergrund, ohne dass ein anderer Mann seine Stelle eingenommen hätte. Sicher, hin und wieder gab es Gelegenheiten, aber dann dachte sie meist an diesen Faschingsball und ihren alten Kombi. Eine andere Beziehung hätte eine neue Fremdbestimmung mit sich gebracht, was nur weitere Probleme für sie bedeutet hätte; und Probleme konnte sie keine gebrauchen. Zumindest keine privaten.

Beruflich meisterte sie alle Hürden mit Bravour.

Ihr Studium verlief glatt und geradlinig, genauso wie die anschließende Promotion. Den Arbeitsvertrag bei Benkin & Company hatte sie schon unterschrieben, bevor ihr Doktorvater ihr die Urkunde mit dem *Summa cum laude* feierlich überreichte.

Das hat sie mit Matthias und ihrer ganzen Familie noch gefeiert, für deren Verhältnisse sogar ausgiebig, denn irgendwie hatten alle die Hoffnung, *dass jetzt alles wieder gut werden wird.* Nur darüber, was *gut* ist, konnte man unterschiedlicher Auffassung sein. Für Sylvia war es ja schon gut. Und es wurde noch besser, aus ihrer Sicht, genauso wie es für Matthias schlimmer wurde, denn Sylvia stürzte sich mit noch mehr Energie in ihren Beruf. Sie bereiste die halbe Welt, vor allem die USA.

Ihre Firma bot ihr Perspektiven auf eine Karriere als Spezialistin für US-amerikanisches Haftpflichtrecht. Sie schlug ein, nicht nur wegen *big money*, sondern vor allem wegen der Reisen. Endlich konnte sie raus und das tun, was sie selbst für richtig hielt.

Aber dann trat Anna Wimmer in ihr Leben, und wieder einmal kam es anders, als Sylvia gedacht hatte.

Alles kam anders.

2

Es war noch dunkel draußen.

Johann Steinberger saß im Bayerischen Hof und trommelte mit den Fingern ein wütendes Stakkato auf die Tischplatte.

Er hatte sich den Tisch direkt neben dem Eingang ausgesucht.

Von dort konnte er den ganzen Raum gut übersehen, und auch die Tür hatte er jederzeit im Blick.

Zurückgelehnt in die dunkle Ecke zwischen dem wuchtigen Kachelofen und der holzvertäfelten Wand wäre er den anderen fast nicht aufgefallen, aber das Trommeln seiner Finger mischte sich deutlich unter das gedämpfte Stimmengewirr.

Er schien nervös und gereizt. Seine schweren Finger schlugen wie kleine Hämmer auf der Tischplatte auf.

Wie alle anderen wartete auch er ungeduldig auf Nachricht.

Als die Tür sich vorsichtig öffnete, beugte er sich vor und blinzelte hinüber.

Die Männer an den anderen Tischen verstummten augenblicklich. Sie hoben ihre Köpfe und drehten sie in Richtung Tür.

Ein junger Mann trat vorsichtig in den spärlich beleuchteten Raum und blickte suchend von einem

Tisch zum anderen. Johann erkannte ihn und winkte ihn zu sich.

„Anderl, geh her do!"

Der Angesprochene zuckte kurz zurück und zog sich dann schnell seine Mütze vom Kopf. Wie zur Begrüßung nickte er mehrmals unbeholfen und abgehackt in die stumme Runde, während er sich gleichzeitig mit Seitwärtsschritten zu dem Tisch bewegte, an dem Johann Steinberger alleine saß. Alle Augen waren auf ihn gerichtet. Es war plötzlich so still im Raum, dass nur das hektische Ticken der Kuckucksuhr zu hören war.

Auch das Trommeln hatte aufgehört.

„Und? Wos is, Anderl? Gibt's wos Neis?", zischte Johann den Mann an. Er zog ihn am Ärmel zu sich herunter und zwang ihn auf den Stuhl neben sich.

Andreas beugte sich zu ihm, drehte den Kopf aber immer noch leicht nach hinten, so dass er die anderen Tische aus den Augenwinkeln beobachten konnte. Im Flüsterton spuckte er die Worte aus.

„Den Breithaupt habn's gfunden – tot – Kopfschuss – z'Weisham – in am Stadel."

Johann Steinberger sah ihn ohne jede Regung an, als habe er es gewusst. Er blinzelte sein Gegenüber scharf an. Dann griff er mit der Hand nach dessen Kinn und drehte seinen Kopf zu ihm herüber. Die Gesichter der beiden Männer waren nur eine Handbreit voneinander entfernt, während Johann hervor presste: „Hod so kemma miassen."

„Wos sogst du?" Andreas löste sich vorsichtig aus dem Griff. „Der General – hob i gsogt – der Breithaupt – der is tot."

Johann Steinberger verzog keine Miene und fixierte Andreas' Blick.

„Und? Er woid aufgebm."

Obwohl er flüsterte, spürte Andreas deutlich die Aggression in seiner Stimme. Er rückte von ihm ab, lehnte sich zurück und schüttelte irritiert den Kopf.

„Host du domit wos z'doa?"

Johann sah kurz zu den anderen Tischen hinüber. Die meisten Männer hatten sich schon wieder abgewandt und steckten ihre Köpfe über den Tischen zusammen.

„Hm", sagte er und reckte sein Kinn nach vorne. „Davolaffa hod er woin."

Andreas legte die Hand vor seinen Mund, als wolle er die Worte zurückhalten.

„H-Hans!", stammelte er. „W-Warst du dabei?"

„Und? Wenn scho? Hod a wos anders vadeant?"

„Ja, bist du jetz narrisch? Bist du damisch, oda wos? De eigenen Leit daschiaßn?"

Andreas Stimme wurde lauter.

„Sei staad!“ Johann griff nach Andreas’ Unterarm.

„De eigenen Leit?“, wiederholte er. „Der war nimmer auf unsara Seitn.“

Die Männner schwiegen sich an.

„Wann ist des gwen?“

„Sundag. Auf’d Nacht. Er hod scho ois packt ghabt. An Kessel hod er mir no gschenkt, zum Abschied, aus purem Goid, hod er gsogt, der waar eahm z’schwar zum Mitnehma.“

Er lachte schnell spöttisch auf und verstummte genauso plötzlich, um wieder in sein Schweigen zu verfallen. Konzentriert beobachtete er jeden einzelnen der anderen Tische. Er wollte sicher sein, dass niemand etwas von dem Gesagten verstanden hatte.

„Er hod gsogt, er geht alloa“, sagte er schließlich. „Alloa“, wiederholte er, „des waar leichter.“

Andreas schaute ihn fassungslos an.

„*A Ratz is nia alloa*, hob i zu eahm gsogt.“

Andreas ließ seinen Kopf sinken und knetete nervös seine Mütze. Er schüttelte sich, als wolle er das Gehörte von sich abschütteln.

„Und dann hob i gschossn“, flüsterte Johann, „oafach gschossn, und umgfoin is a, wia’ra Sackl Kohl’n.“

Andreas drehte sich zu den anderen Tischen und drückte sich an der Tischplatte ab. Er wollte gerade aufstehen, als die Tür abrupt aufgerissen wurde und zwei Männer in die Gaststube stürzten.

Wieder herrschte schlagartig eine angespannte Ruhe im Raum. Alle Köpfe drehten sich langsam in Richtung Eingang. Die beiden Männer sprangen ohne Zögern an den Tisch von Johann Steinberger. Sie waren in heller Aufregung. Kaum, dass sie saßen, sagte der eine von ihnen:

„Da Ami is do! Rousnham hod sich ergebm, kampflos!“

Er sagte es so laut, dass jeder im Raum es gehört hatte.

In den letzten Tagen hatte es sich herumgesprochen, dass die amerikanischen Truppen München fast ohne einen Schuss eingenommen hatten. Aus Rosenheim hatte man gehört, dass der Stadtkommandant Honsalek mit den Amerikanern über eine kampflose Übergabe der Stadt verhandeln wollte.

Das Schweigen wurde kurz zu einer lähmenden Stille, bis ein älterer Mann an einem der hinteren Tische schließlich aufstand und sagte: „Geht's hoam, liabe Leit.“

Er schlurfte zum Ausgang. Am Tisch des Johann

Steinberger blieb er kurz stehen und zeigte mit dem Finger auf den massigen Mann.

„Des sog i da, Bachler, mir habn di ned o'glanga kenna, aba jetz soi di da Nega hoin."

Johann Steinberger sprang auf und reckte die Faust gegen den alten Mann.

„Schleich di, du Hundskrippe."

Der Alte ging langsam, unbeeindruckt, fast selbstsicher hinaus. Zögerlich folgten ihm zunächst nur einige und raunten sich gegenseitig etwas zu. Die meisten verließen schweigend den Raum.

„Da Honsalek, de Sau!", schrie der Steinberger, als die vier alleine waren, und schlug hart mit der Faust auf den Tisch.

„Hob i's ned gsogt? No a Ratz."

Die beiden Neuen sahen fragend in die kleine Runde.

„Den General habn's gfunden", klärte Andreas sie auf.

„Den General? Franz Breithaupt? Und? Wo is a?"

„Tot. Kopfschuss." Andreas blickte auf die Hände in seinem Schoß.

„Herrgott na. Des hätt i ned glaabt vo eahm. Der Ratz, der feige."

Andreas schaute auf zum Steinberger, aber der sagte nichts.

„Na! Der hod si ned säibst daschossen“, sagte Andreas, ohne seinen Blick von Johann abzuwenden. „Obhaun woit er.“

Johann starrte aus zusammengekniffenen Augen zurück.

„Und? Woaß ma, wer's war?“, bohrte der Neue nach.

Wieder schlug Johann Steinberger mit der Faust auf den Tisch.

„Jetz heats doch auf mit dem Schmarrn. Wo kemmt's ees her?“

„Vo Rousnham. Über'd Ratzinga Heh samma kemma. De Ami sann auf'd Autobahn aussi. Und vo Wasserburg kemmans aa.“

Johann Steinberger nickte, als habe er genau das erwartet.

„Nahat werdn's vo Bernau aus auf Prean weidafahrn.“

Er blickte die drei nacheinander streng an.

„Oiso wiss' ma, wos zum doa is. Kemmt's! Geh' ma!“

Johann Steinberger stand auf. Die beiden Neuen sprangen ihm nach. Andreas blieb sitzen.

Erst bei der Tür drehte Johann Steinberger sich um.

„Wos is mit dir, Anderl? Auf geht's, mir fahrn aussi zum Aschauer Brickerl.“

Andreas stand nur zögerlich auf. Verlegen hielt er seine Mütze und drehte sie zwischen den Händen hin und her.

„Geht's ees alloa. I bleib do und sog nix vo eich."

Johann Steinberger hinkte auf ihn zu. Als er ganz dicht vor ihm stand, packte er ihn beim Kragen und fuhr ihn an:

„Biascherl, des sog i, wos du duast. Auf geht's. Aussi."

Im Biergarten hinter dem Gasthof hatte Johann Steinberger tags zuvor zwei Kräder geparkt und mit Planen abgedeckt. An einem der Motorräder war ein kleiner Anhänger angebracht.

Die vier Männer fuhren hinaus auf die Bernauer Straße. Sie hielten sich ortsauswärts, in südlicher Richtung.

Mittlerweile dämmerte es schon und es hatte wieder leicht zu schneien begonnen.

Nach kurzer Fahrt erreichten sie den Aschauer Viadukt, eine kleine Eisenbahnbrücke, die ein paar hundert Meter weit hinter dem Ortsausgang von Prien über die Strasse nach Bernau führte.

Die Männer stellten die Motorräder ab, und Johann Steinberger schlug die Plane auf einem der Anhänger zurück.

Darunter hatte er eine Kabeltrommel, mehrere Stangen Dynamit und einen kleinen Kasten mit elektrischen Anschlüssen und Klemmen versteckt.

„Schaut's, dass des ois drucka bleibt", wies er die anderen an.

Die Männer packten die Sachen aus und bestiegen eine Treppe, die seitlich der Brücke hinauf auf den Bahndamm führte.

Johann Steinberger begann mit den Vorbereitungen für die Sprengung.

Die Männer waren so sehr beschäftigt mit ihrem Vorhaben, dass sie die beiden Wehrmachtssoldaten nicht direkt bemerkten.

Kurz vor der Brücke zweigte ein Waldweg von der Straße ab und führte hinauf nach Hoherting. Von dort aus waren die zwei Soldaten auf Fahrrädern nach Prien hinunter gefahren. Sie waren in Eile, aber als sie die Männer auf der Brücke sahen, hielten sie kurz an.

„He! Wos macht's ees do?", rief der eine zu der Brücke hinauf.

Johann Steinberger schreckte als erster auf. Augenblicklich stand er oben an der Treppe und musterte die Soldaten irritiert.

„Wer seid's ihr?", rief er den beiden zu.

„Wos spuit des für a Roll'n?", gab einer der jungen Männer zurück. „Geht's hoam. Da Ami werd glei do sei."

„Da Ami?" Johann Steinberger gab sich alle Mühe ahnungslos zu wirken. „Wisst's ees wos?"

Die beiden Soldaten sprachen kurz miteinander, legten dann ihre Fahrräder ab und liefen die Treppe zur Brücke hinauf.

„I bin da Schanzner Lenz", sagte der eine und wies mit dem Kinn auf den anderen „und des is der Hinterkofler Wasti."

„38. SS-Grenadier Division ‚Nibelungen'", sagte der Zweite, „aber de gibt's nimma."

Jetzt erst bemerkten sie die Kabel und das Dynamit. Schlagartig wurde ihnen klar, was die Männer auf der Brücke vor hatten.

Lorenz zeigte mit dem Finger auf die Kabel, die schon entlang der Schienen verlegt waren.

„Macht's koan Schmarrn ned. Da Kriag is aus", sagte er beschwörend.

„Aus is? Du moanst, ees laafts olle davo!?"

„Wos soi ma sunst doa? Z'Miaschboch hamma mit am Auto mitfahrn kenna. Gestern auf'd Nacht samma in Frasdorf gwen, und do samma bschossen worn. Olle hod's dawischt, aber mia zwoa sann davokemma un obghaut."

„Z'Frasdorf? Gestern?" Johann Steinberger glaubte es nicht.

„Wer hod eich do bschossen?“

„Wos woaß i? Da Ami, de sann scho übaroi. Da Kriag is aus. Geht's hoam. Da Ami is scho do obn.“ Er deutete auf die Anhöhe südwestlich der Brücke.

„Des is Urschalling“, sagte Andreas „do woits ees de Ami gseng hamm?“

Die Männer nickten heftig. Nachdem sie beschossen worden waren, hätten sie sich in einer Scheune verkrochen, bis alles wieder ruhig gewesen sei. Dort wären die beiden Fahrräder im Stroh versteckt gewesen. Die hätten sie „ausglieha“, weil sie damit schneller voran kommen würden. In der Nacht seien sie an Umrathshausen und Hoherting vorbei geschlichen, um von dort durch den Wald hinab nach Prien weiterzufahren.

„Und do hammas gseng, de Jeeps vo de Ami“, sagte der Schanzner.

Die Männer sahen über das Jägerhaus hinweg nach Urschalling hinauf. Der Zwiebelturm der Kirche war gut sichtbar.

„Hoit dei Mei!“, sagte Johann Steinberger. „Des gibt's ja ned. Und dass a SS-Division in Auflösung is, des gibt's aa ned. Wer hod's Kommando?“

„Bis vor kurzem Reichsritter von Overkamp, aber der hod sich aa scho obgsetzt. Der Stange hod's Kommado übanomma.“

„Stange? Nia g'hört. Wer is des?“

„Der is grod a Gruppenführer. Olle hauens ob, Richtung Südosten, in d'Beag, do gibt's grod gnua Oimhittn."

„Und ees? Wo woits ees hi?"

„Hoam! I bin vo Inzäi und da Wasti is vo Ruapading."

„Inzäi? Ruapading? Wia woits ees des schaffa, wenn da Ami scho do is?"

„Mit de Radl werd's scho geh. Und wenns ees de Ami aufhoits, nahat werd's sicher geh." Der Soldat lächelte verlegen.

„Werd ned frech, Biascherl. I hob's Kommando übern Voikssturm, und i sog, ees bleibt's do."

Damit zog er eine Waffe aus seinem Hosenbund und richtete sie auf die beiden Soldaten.

„Sepp, Maxi, packt's de zwoa und fesselt's ees. Do is da Strick", befahl er.

Er drückte Andreas das Seil vor die Brust, mit dem er den Motorradanhänger gesichert hatte.

Die beiden anderen standen sofort neben den Soldaten und drehten ihnen die Arme auf den Rücken.

Andreas nahm das Seil zögerlich auf, schnitt zwei lange Stücke davon ab und reichte sie weiter an Max und Sepp.

Sie fesselten den beiden die Hände hinter ihren Rücken.

„Diebstoi vo Voikseigentum“, sagte Johann Steinberger, „alloa des zweng seid's dro.“

Die beiden jungen Soldaten fingen an, sich zu wehren.

„Spinnt's ees. Wos habt's ees vor?“

„Woaßt des ned, ha?“ bellte Johann und fing an, das eine Ende des Seils am Brückengeländer zu befestigen.

„Deserteure werd'n standrechtlich daschossen, aber de Munition werd'n ma noch braucha. A Strick glangt scho aa.“

Er machte ein paar Schritte auf die beiden zu und fuchtelte dem einen mit der Waffe vor dem Gesicht herum.

Josef und Maximilian standen regungslos daneben und sahen sich schweigend ratlos an. Sie sahen nicht, wie sich jetzt in den Gesichtern der beiden Soldaten der fassungslose Schrecken ausbreitete.

„Na, loss uns geh, da Kriag is aus ...“

Johann schlug zu. Der Knauf des Revolvers traf den jungen Mann hart an der Schläfe. Er fiel hin.

„Hans“, mischte Andreas sich jetzt ein. „Jetz gib doch a Ruah. Wos soi'n des?“

„Du bist staad. Des geht di nix o. Du hoist de Kabel!“, schnauzte Johann Steinberger ihn wütend an.

Andreas schaute die anderen an, aber die hielten

seinem Blick stand. Josef zeigte mit dem Kinn auf die Kabeltrommel. Andreas holte sie und fing an, sie abzurollen, während Johann dem am Boden liegenden Soldaten das Seil um den Hals legte. Dann stand er auf, machte einen Schritt zurück und trat dem Mann mit Wucht in den Magen. Der krümmte sich am Boden, hustete und spuckte. Johann packte ihn an seiner Jacke und zog ihn hoch zu sich.

Der junge Soldat mühte sich vergebens, einen festen Stand zu finden. Er taumelte mit hinter dem Rücken gebundenen Händen und dem Seil um den Hals.

Johann zog ihn an dem Strick zu sich in Richtung des Brückengeländers und stieß ihn im gleichen Moment von hinten über die niedrige Brüstung. Der Soldat fiel vornüber in das kurze Seil, das sich sofort spannte und ihn wieder ein Stück nach oben zog.

Er baumelte direkt unterhalb der Brücke wild hin und her, zog die Schultern hoch, als wolle er nach seinem Hals greifen, und versuchte im Todeskampf, die Fesseln hinter seinem Rücken zu lösen. Sein Körper verkrampfte und erschlaffte abwechselnd.

Schlagartig war es still auf der Brücke. Die Männer hörten von ferne leise das Geräusch der herannahenden Panzer.

„Schnäi“, sagte Johann, „schick ma uns. Maxi, du rollst des Kabel ab. I pack den andern.“

Damit begann er, auch das zweite Seil am Brückengeländer zu befestigen und ging mit dem anderen Ende des Seils auf den jungen Soldaten zu, der wie unter Schock gelähmt dastand.

Max rollte das Kabel zurück zur Treppe, wo der kleine Kasten stand und fing an, die Kabel dort anzuschließen.

Dann fielen die Schüsse.

Andreas Meindl wurde von den Kugeln in den Kopf getroffen. Den ersten Schuss hatte er kaum gehört.

Maximilian Schachtner wollte nach ihm greifen, als die Geschosse in seiner Brust einschlugen.

Josef Bauer lief in Richtung der Treppe. Mehrere Schüsse trafen ihn in den Rücken. Er fiel nach vorne auf das Geländer und stürzte von der Brücke. Dumpf schlug sein Körper auf der Straße auf.

Johann Steinberger stand direkt bei dem gefesselten Soldaten und hatte ihn an den Schultern gepackt. Er drehte ihn zwischen sich und das Jägerhaus unterhalb von Urschalling. Aus der Richtung waren die Schüsse gekommen.

Er duckte sich hinter dem Soldaten, der im gleichen Moment von einer Kugel in den Hals getroffen wurde. Er sackte seitlich weg und Johann lies sich unter seinem Körper begraben.

Dann war es still.

Er wartete. Und lauschte. Rings um ihn herum war Stille. Nur das ferne Grollen der Panzer war zu hören. Langsam wurde es lauter. Sie kamen näher.

Die ein, zwei Minuten, die er abwartete, kamen ihm endlos vor. Dann zog er sich mühsam unter dem toten Soldaten hervor und robbte auf den Schienen die wenigen Meter bis zur Treppe. Auf allen vieren hastete er die Stufen hinunter und hinkte zu den geparkten Motorrädern. Er kletterte auf die NSU, startete den Motor mit einem kräftigen Tritt auf den Kickstarter und gab Gas, als sei nichts gewesen.

Die Amerikaner warteten ab.

Drei Tage später

Am Sonntagmorgen hallten in der Dämmerung kurz hintereinander drei Schüsse durch das Eichental.

Die Krähen flogen erschreckt auf. Der schwere Körper des Mannes fiel von der Mauer neben dem Stauwehr in den Fluss und wurde schnell vom Wasser der Prien davongetragen.

Kaum einen Kilometer weiter flussabwärts verfing er sich in den Steinen unterhalb der Brücke beim Lindenwirt.

Die Strömung hatte den leblosen Körper zwischen zwei schweren Steinen eingekeilt.

Der Sohn des Metzgers sah ihn zuerst. Er stürzte zurück ins Haus.

„Papa, do liggt wer in da Prea“, brachte der Junge atemlos hervor. „Der rührt si nimma!“

Der alte Mann stieg die wenigen Stufen zum Ufer hinab und watete in die Strömung hinaus. Er packte die leblose Masse am Oberarm und drehte den Mann zu sich.

„Da Bachler!“, stieß er hervor und löste angewidert seinen Griff.

3

„Kann ich Ihnen noch etwas bringen, Frau Dr. Staudacher?"

Sylvia hat sich in ein Buch vertieft und versucht, etwas zu lesen. Als die Stewardess sie jetzt unterbricht, merkt sie, dass sie nichts von dem, was sie in den letzten Minuten gelesen hat, auch tatsächlich aufgenommen hat. Sie hätte genauso gut eine chinesische Wandzeitung anstarren können.

„Das Gleiche nochmal, bitte."

Mit ihren Gedanken ist sie ganz bei Anna Wimmer.

„Und haben Sie vielleicht auch einen Likör?"

„Natürlich!"

Das Buch landet in der Einstecklasche vor ihrem Sitz. Sie wird es nicht mehr aufschlagen. Bücher liest sie immer nur so lange, wie etwas passiert, das sie fesselt oder zumindest interessiert. Eine Durststrecke von mehr als zehn Seiten hat sie noch keinem Autor verziehen. Wer ihre Zeit verschwendet, mit dem verliert sie schnell die Geduld.

Sylvia muss lächeln bei der Vorstellung, wie ihr Mann wohl diesen Abhang hinuntergestolpert ist. *Das sieht ihm wieder einmal ähnlich*, denkt sie. Er ist immer in irgendwas hinein gestolpert, oder zumindest hat ihn immer irgend jemand geschoben. Sein eigener Bruder hat ihn vom elterlichen Hof gedrängt, und sie ist auch nie den Verdacht los geworden, dass seine Freunde ihn seinerzeit auf sie angesetzt haben. Das hat er zwar irgendwie hinbekommen, aber hätte Sylvia nach diesem Faschingsball nicht darauf bestanden, dass er in seinem Zustand nicht mehr auf den Samerberg *gehen* sollte – wie er es damals vorhatte – es wäre alles anders gekommen.

Und dann haben ihre eigenen Eltern ihn in diese Ehe geschoben. Er selbst war sicher nicht die treibende Kraft. Er hat Sylvia nie bedrängt, sondern ihr das Gefühl gegeben, sie mache schon alles richtig. Den Job, den sie ihm verpasst haben, darum hätte er sich selbst doch nie gekümmert.

Das einzige, was er je von sich aus angefangen hat, war die Beschäftigung mit Architektur. Aber das hat sich eher aus seiner täglichen Arbeit im Grundbuchamt und aus der Zusammenarbeit mit der Kreisbauverwaltung ergeben.

Dadurch muss er, warum auch immer, sein Interesse fürs Bauen und für Bauwerke entdeckt haben. Schon kurz nachdem sie das Kind verloren hatte, hat er damit begonnen, sich allerhand Kursmaterialien zuschicken zu lassen und nebenbei ein wenig *studiert* – wie er es nannte. Das konnte sie gut nachvollziehen, denn sie selbst war zu der Zeit für ihn kaum ansprechbar, und irgendwie musste er sich sicher auch ablenken. Aber Sylvia fand, er hätte sich eine andere Beschäftigung suchen können. Mit Architekur, meinte sie, gab es keinen Blumentopf zu gewinnen. Was hat es ihnen schon gebracht? Im Grundbuchamt war das nicht gefragt, und praktisch betrachtet hat es auch lediglich dazu geführt, dass er ihre gemeinsame Wohnung irgendwann renoviert hat – immerhin das.

Bei dem Gedanken an diese erste Zeit ihrer Beziehung schüttelt sie den Kopf und fragt sich, ob sie es heute anders machen würde.

Und dann ist er auf diese Leiche gestoßen, einfach so.

Daraus hätte man etwas machen können! Hat er ja auch schließlich, aber wie? Sie war es doch, die ihn dazu gedrängt hat, den Spuren der Anna Wimmer nachzugehen; ja, sie ist doch sogar die ersten Schritte vorangegangen und hat die Fährte gelegt. Kaum etwas in seinem Leben hat er aktiv und eigenständig angepackt. Selbst aus der Sache mit der Anna hätte er nichts gemacht, sicher nicht, das ist ihr ziemlich schnell klar geworden, und deswegen musste sie ihm das Ganze aus der Hand nehmen. Davon hat sie auch ihren Vater überzeugen können.

Es war ja auch eine spektakuläre Geschichte, anfangs.

Ihr Mann findet im Schlamm des Langbürgner Sees eine Leiche und es stellt sich heraus, dass es seine eigene Ururgroßmutter ist, die vor über 130 Jahren dort erschlagen worden war – schwanger, vierter Monat.

Was hätte man daraus machen können? Wenn es nur dabei geblieben wäre? Sie hat ja nicht wissen können, dass ihre eigene Familie, die Thanners, in den Fall verwickelt war, und zwar tiefer und übler als es damals und heute allen Beteiligten lieb war.

Wieder schüttelt sie den Kopf und bläst vorsichtig in ihren Kaffeebecher.

Da hat sie also einen Mörder in ihrer Familie! Einen Mörder, dessen Opfer ausgerechnet aus Matthias' Familie stammte. Mittlerweile ist es ihr ja fast egal. Was könnte sie daran schon ändern? Damals aber hätte sie alles getan, um das unter der Decke zu halten.

Sie nippt an ihrem Kaffee.

Aber als sie bremsen wollte, war es zu spät. Da hat Matthias auf der Fährte schon Blut geleckt und darauf bestanden, die Sache zu Ende zu bringen. Wie hätte sie das zulassen können? Zu viel war ihr ihr eigener Name wert. Das hat auch ihr Vater so gesehen – nicht zuletzt der.

Sie sieht aus dem Fenster. Die Sonne bescheint die Wolken von oben. Wie oft schon ist sie diese Strecke geflogen? Die Wolken scheinen still zu stehen.

Sylvia denkt täglich an Anna Wimmer.

Matthias hat ihr das Bild, das er im Grubner Hof gesehen hatte, beschrieben: das kleine Mädchen, angelehnt an den großen Stein. Obwohl sie das Bild selbst nie gesehen hat, geht es ihr nicht mehr aus dem Kopf.

Nach und nach hat sie das Leben der Anna Wimmer kennen gelernt, und mit jedem neuen Detail aus dem Leben dieser Frau, die vor mehr als 130 Jahren zwischen Prien und Rimsting gelebt hat, wurde ihr ihr eigenes Leben klarer. Anna ist 1843 in Greimharting auf die Welt gekommen, sicher eine schwierige Zeit damals, aber sie war zunächst scheinbar nicht unglücklich in ihrer Welt.

Genau wie Sylvia.

Sylvia wurde hineingeboren in die Familie Thanner. Sie trägt einen Namen, mit dem man sein Leben lang keine Probleme mehr haben dürfte. Wie ein Schiff in einem sicheren Hafen, so kam sie sich oft vor. Das kann man von Anna nicht behaupten, aber was sie verbindet, ist die Tatsache, dass beide an einen Punkt gerieten, an dem ihre

Familien das Schicksal der Frauen in die Hand nahmen. Und beide Male ging es schief, gründlich schief.

Anna wurde mit 16 vom Hof geschickt, um auf einem einsamen Hof einem vertrottelten Bauern *zur Hand zu gehen* – wie man es wohl genannt haben dürfte. Mit 17 haben sie sie dann verheiratet, damit sie versorgt war. Es dürfte nicht lange gedauert haben, bis ihr klar wurde, dass sie die Dinge selbst anpacken müsste. Und dann hatte sie wahrscheinlich keinen anderen Ausweg gesehen als den seinerzeit sicher radikalsten Weg: Die Flucht, die Auswanderung, Amerika.

Sylvia wurde mit 20 verheiratet, nicht aus materiellen Zwängen heraus, sondern weil *sie mussten*, so einfach war das. Ein uneheliches Kind, das war in der Familie Thanner fast so undenkbar wie Anna Wimmers barfüßige Flucht nach Amerika – ohne Schuhe kommt man nicht nach Amerika, hatte sogar in dem Protokoll der Traunsteiner Gerichtsverhandlung gestanden.

Als sie ihr Kind verloren hat, da hätte sie einen Schlussstrich ziehen können, aber eine Scheidung wäre nie in Betracht gekommen. Sie hat sich für die innerliche Flucht entschlossen, und dafür ein Jahr gebraucht.

Danach war ihr klar, dass sie nur durch eine Anstellung weit abseits von ihrer kleinbürgerlichen Welt ein eigenes Leben würde finden können. Und sie fand es. Ihr Studium, ihre Promotion, ihr Professor öffneten ihr Türen, von denen sie vorher nicht gewusst hatte, dass es sie gab. Sicher, ihr Vater hätte sie im Landratsamt in Rosenheim oder in Traunstein, vielleicht auch irgendwo in München unterbringen können, und vielleicht hätte sie sogar eine kleine politische Karriere gemacht, alles in Maßen, aber immer gefangen in irgend welchen Netzwerken und bestimmt von den Regeln einer Gesellschaft, in die sie ja auch nur hineingeboren war, wie Anna.

Ein Schiff wird nicht für den Hafen gebaut, denkt sie sich.

Anna Wimmer hatte in ihrem Tagebuch geschrieben *Warum leben wir ein Leben, das andere sich für uns ausdenken?* Das war's! Spätestens an dieser Stelle, war ihr klar geworden, dass diese einfache Bäuerin auch etwas über Sylvias Leben geschrieben hatte; eine einfache Wahrheit, auf die sie auch selbst hätte kommen können.

Amerika hat ihr schon immer gefallen. Nicht, dass sie davon geträumt hätte, wie Anna Wimmer es wohl getan haben musste, ohne das Land zu kennen. Für Sylvia ist Amerika das Mittel zum Zweck, nicht das Ziel an sich.

Anna Wimmer hat es nicht geschafft. Wie auch? Sie hatte keine Chance, weil es zu ihrer Zeit und in ihrer Situation so gut wie unmöglich war, aus ihrem Leben zu fliehen: mit einem kleinen Kind und schwanger von einem Mann, der nicht ihr eigener war. Wie hätte sie da weggehen können?

Davon zu träumen, muss schon schlimm genug gewesen sein, ein Traum, den sie mit ihrem Leben bezahlen musste.

Um wieviel leichter ist es da für Sylvia? Sie braucht nur den Flug zu buchen. Nicht einmal das muss sie selber tun. Sie läßt buchen und packt ihren kleinen Koffer. Doch sie ist immer wieder zurück gekommen, zurück aus der weiten Welt, zurück nach München oder Prien, so wie Andreas Thanner damals zurückgekommen war, um Anna Wimmer zu treffen. *Und das war ja dann leider nicht gut gegangen*, hat die Heumann gesagt, aber etwas anderes gemeint, und trotzdem recht gehabt.

Sie schmunzelt. Nein, so will sie nicht enden.

Wie soll das eigentlich enden? Sie weiß es nicht, will es auch nicht wissen, jetzt noch nicht, aber erstmal will sie dort bleiben, dort in der Fremde.

Und auch das hat Sylvia nur einen Anruf gekostet. Sie hat ihrem Chef etwas von privaten Problemen angedeutet und gemeint, sie würde ganz gerne mal auf ein längeres Auslandsprojekt versetzt werden. Nur eine Zeit lang, ein paar Wochen, vielleicht Monate, dann würde sie schon weitersehen. Es dauerte keine zwei Tage, da wurde sie für ein Mandat in einem Unternehmen in Delaware angefragt *und das könnte dauern*, hatte ihr Chef gesagt. Ihr Büro sollte sie in Philadelphia, Pennsylvania, beziehen.

Sie musste damals regelrecht lachen, als sie das hörte. Philadelphia, Pennsylvania?

Nicht nur, dass ihr Name in dem Staat steckte, aber war das nicht auch der Staat, in dem diese Verwandte der Anna Wimmer gelandet war? Die aus dem Bachlerhof? Das hatte sie doch irgendwo zusammen mit Matthias gelesen.

Sie nahm es als Zeichen des Schicksals und dachte, sie schulde das der Anna Wimmer.

Jetzt fahre ich an deiner Stelle dort hin, und alles andere wird sich zeigen, denkt sie. Sicher wird sie auch wieder zurückgehen, aber wann und wieso, und was aus ihr und Matthias werden wird, das ist in diesem Moment zweitrangig. Ihre Beziehung kommt ihr vor wie eine abgelaufene Prepaid-Karte, die sie irgendwann vielleicht wieder aufladen wird.

Es ist nicht das erste Mal, dass sie ohne einen größeren Plan vorgeht, aber ihr Gefühl sagt ihr, dass sie das Richtige tut. Sie ist unterwegs in die Freiheit, ihre Freiheit.

Sie schläft ein und träumt konfuses Zeug. Auf dem Grubner Hof sieht sie sich selbst, wie sie irgendwelche Kisten durchwühlt. Plötzlich steht die Bäuerin hinter ihr und fragt sie: „Wos suachst'n do?"

Wieder wird sie von der Stewardess geweckt.

„Wir sind im Landeanflug, Frau Dr. Staudacher. Sie müssten jetzt bitte den Tisch hochklappen."

Sylvia ist mitten aus dem Traum hochgeschreckt und blickt die ewig lächelnde Stewardess leicht verärgert an.

„Oder haben Sie vielleicht noch einen Wunsch, Frau Dr. Staudacher?"

„Ja", sagt sie bestimmt. „Haben Sie vielleicht noch einen Likör?"

„Sicher!"

Die Stewardess lacht, und Sylvia denkt an das Lachen von Frau Heumann – Evi, wie sie sie nennt.

Als die beiden Frauen damals in der Küche im Grubner Hof saßen und einen Likör nach dem anderen kippten, da hat Evi ihr diese traurige Geschichte von der Wimmer Anna erzählt.

Man wusste, dass Anna ein Kind hatte, als sie verschwand. Es gab Indizien, dass sie erschlagen worden war. Nur kurze Zeit später war ihr eigener Mann für den Mord an ihr ins Gefängnis gekommen und hatte sich dort erhängt.

Die Frage nach dem Kind lag also so nahe, aber anscheinend hatte sie bislang keiner gestellt.

Sylvia stellte sie: *Was ist eigentlich aus dem Kind geworden, dieser Elisabeth?* – und die alte Heumann hat die Antwort gewusst.

Fast die Gretchen-Frage, denkt Sylvia heute, denn so hatten die beiden Frauen die ganze Sache ins Rollen gebracht.

Sie stürzt den Likör hinunter und lehnt sich wieder zurück. *Der selbst angesetzte von der Heumann war besser*, denkt sie sich, während sie sich die letzten Tropfen mit der Zunge von den Lippen streift.

Ihre Müdigkeit meldet sich zurück. Die letzten Tage haben sie viel Kraft gekostet. Das spürt sie erst jetzt, wo ihr Körper sich den Schlaf nimmt. Sie nickt wieder ein und wird erst wach, als der Flieger sanft auf der Landebahn aufsetzt.

Auch nach Hunderten von Flügen ist sie immer noch erleichtert, wenn solch ein Koloss aus Eisen und Stahl so scheinbar probemlos wieder aufsetzt.

„Herzlich willkommen auf dem internationalen Flughafen von Philadelphia“, sagt die Stimme aus dem Lautsprecher.

4

Ein Telefon, das mitten in der Nacht klingelt, verheißt normalerweise nichts Gutes.

Matthias greift schlaftrunken nach dem Hörer.

„Hallo?"

„Matthias, bist du das?"

Es ist Sylvia. Augenblicklich ist er hellwach.

„Ich hab' schon geschlafen."

Sie blickt auf ihre Uhr. Es ist erst 6 Uhr abends bei ihr.

„Tut mir leid", sagt sie. „Ich hab' vergessen, dass es bei euch schon so spät ist."

„Wo bist du?"

„New York, Penn Station. Ich warte auf meinen Zug nach Philadelphia."

„Ok. Und wie geht es dir sonst?"

„Eigentlich ganz gut. Ich bin Anfang nächster Woche in Wien. Am Dienstag Nachmittag habe ich frei. Ich könnte es einrichten, dass wir uns in Salzburg sehen, wenn du möchtest. Dann können wir reden."

„Sicher!" Matthias versucht gelassen zu bleiben. „Dienstag ist gut."

„Ich wollte dir nur schnell was Interessantes sagen."

Sie haben sich seit sieben Wochen nicht gesehen.

Als sie ihn damals verließ, hat sie gesagt, sie melde sich, aber so, wie sie es gesagt hat, wusste Matthias, dass es nicht so ernst gemeint war. Es ist dieser gleichgültige Tonfall gewesen, den sie immer dann hat, wenn sie nicht genau weiß, wie es weitergehen wird.

Und er hatte recht, denn sie meldete sich erstmal nicht, weder bei ihm noch irgendwo in der Familie; und erreichbar war sie auch nicht. Erst nach ein paar Tagen schickte sie ihm eine Postkarte aus New York. Es gehe ihr gut, und er solle nicht nach ihr suchen.

Ok, hat er sich gedacht, *wie kommt sie überhaupt darauf, dass ich nach ihr suchen würde?* Sicher hatte sie gehört, dass er sich nach ihr erkundigt hat. Das macht man doch so, wenn einem die Frau plötzlich wegläuft. Aber suchen? Das sah ihr ähnlich. Sie meinte immer, dass die Welt ihr auf den Fersen sei, eine seltene Form von Verfolgungswahn.

Eigentlich fand er es sogar irgendwie richtig, dass sie erstmal weg war. Ihr Verhalten in der Sache mit Anna Wimmer hat sie ihm mehr denn je entfremdet. Das war nicht das erste Mal. Es ist ihm klar, dass er seine Frau erst im Laufe ihrer Ehejahre kennengelernt hat, und in diesem Prozess hat er die ein oder andere Überraschung erlebt, aber er hat nie aufgehört, an ihre Beziehung zu glauben. Erst Sylvias Reaktionen auf das Tagebuch der Anna Wimmer haben ihn ernüchtert. Mehr als das: Sie haben ihn resignieren lassen, für den Moment jedenfalls. Schon zwei, drei Wochen nach ihrer überstürzten Abreise in die USA hätte er die Sache mit ihr aus der Welt schaffen wollen. Aber Sylvia war nachtragender als er. Das liegt an ihrem Gedächtnis, dachte er sich, das hat auch Nachteile.

Und dann ist zunächst diese Postkarte aus New York gekommen, und kurz darauf der Brief, ohne Absender, damit er nicht wüsste, wo sie sich aufhielt. Als wenn ihm das nicht egal gewesen wäre, damals noch.

Das wenige, was sie geschrieben hat, war nicht wirklich zusammenhängend, nicht wirklich logisch, wie sie sonst zu schreiben und zu reden gewohnt war. Sie schrieb von ihrem Lebensbild und ihrer Familie, von ihm und von ihr, und natürlich von Anna Wimmer, an die sie täglich denken müsse. Kein Wunder! Damit hatte die Sache ja erst so richtig begonnen. Und dann schrieb sie noch, dass Blut dicker als Wasser sei. Was sie damit meinte, das konnte Matthias nicht nachvollziehen. Immer wieder hat er den kurzen Brief gelesen und ist schließlich zu der Ansicht gekommen, dass sie es wahrscheinlich selbst nicht wusste.

Und die Postkarte mit der Freiheitsstatue, die hat er sich mit einem Magneten an den Kühlschrank geheftet.

Als sie dann das erste Mal angerufen hat, war er erleichtert. Er würde nicht suchen nach ihr, aber natürlich habe er sich Sorgen gemacht.

Versteh' ich gut, hat sie gesagt, und sie würde sich auch Sorgen machen, um ihn, aber da war er wieder, dieser gleichgültige Tonfall, und dann ergänzte sie, dass sie jetzt alleine leben wolle, erstmal, sie wüsste nicht wie lange, vielleicht ein paar Monate, vielleicht auch ein Jahr, sie wolle es *offen lassen*, sagte sie und Matthias grunzte nur ein *Ok* und meinte, dass es schon gut wäre so, aber dass sie das bitte auch ihren Eltern sagen solle, denn die würden ihn fast täglich fragen, was er ihrer Tochter nur angetan hätte.

Mach dir keine Sorgen, hat sie wiederholt, auch das bekomme sie hin.

Und das sagte sie ohne diesen gleichgültigen Tonfall, so dass er wusste, wenn sie sagt, sie kriegt das hin, dann bekommt sie das auch hin. Da war er sicher.

Genauso wie er jetzt sicher ist, dass es wichtig sein muss, wenn sie mitten in der Nacht anruft, weil sie ihm etwas Interessantes zu sagen habe.

„Also ich war heute hier in diesem Einwanderungsmuseum in New York. Ellis Island. Kennst du das?"

„Nie gehört."

„Macht auch nichts. Jedenfalls war ich in der Ausstellung, und da war so ein Buch mit den Einträgen von den Passagieren, die da so angekommen sind, damals."

Matthias setzt sich aufrecht hin.

„Damals?"

„Na, 18-hundert irgendwas. Da sind doch jede Menge Auswanderer in die USA gekommen. Viele aus Deutschland, auch aus Bayern."

„Ja, natürlich. Und?" Er wartet gespannt auf das, was Sylvia interessant nennen würde, und da es um Auswanderung geht, rechnet er damit, dass es um den Fall Anna Wimmer gehen wird.

„Weißt du noch, als wir dieses Protokoll von der Gerichtsverhandlung gelesen haben?"

„Klar, das habe ich sogar noch hier."

„Dann schau doch mal nach!"

Ihren Befehlston ihm gegenüber hat sie auch Wochen nach der Trennung noch nicht abgelegt.

„War da nicht von einem Bachlerhof die Rede?", fährt sie fort. „Und von einer Therese Bachler, die nach Amerika ausgewandert war?"

Das muss Matthias nicht nachschauen. Er sieht die Zeilen förmlich vor sich.

„Richtig“, sagt er und fragt sich, wieso sie sich selbst an die Dinge erinnert, die kaum eine Rolle spielen.

„Therese Bachler ... aus Hittenkirchen ... eine Cousine von der Anna.“

„Mag sein. Jedenfalls: Ich glaube, ich habe die gefunden!“

Sie macht eine Pause, als müsse sie einen kleinen Triumph auskosten. Matthias sagt kurz nichts.

„Wie meinst du das? Gefunden!“

„In diesem Museum auf Ellis Island, da gibt es viel Material über die Einwanderung damals, auch ein Originalbuch mit Passagierlisten. Das liegt in so einer Vitrine, aufgeschlagen, und da ist ein Eintrag, der lautet – ich hab ihn mir aufgeschrieben, warte ...“

Matthias hört, wie sie das Handy weglegt und in ihrem kleinen schwarzen Buch blättert, das sie immer bei sich trägt, um jederzeit allerhand Dinge hinein zu kritzeln.

„Hör zu“, sagt sie, als sie bereit ist. Matthias hört zu und sagt nichts.

„Bist du noch da?“, fragt sie.

„Ja, ja, klar, schieß los.“

„Also“, liest sie vor. *„Date of arrival: October 14, 1866, Sailingship Bavaria. Dutchman Theo van Gries (age: 28, male, farmer), accompanied by German*

Therese Bachler (age: 21, female, farmer's daughter). Destination: Philadelphia, PA.

PA, das steht für Pennsylvania, und das stand doch auch in dem Protokoll, oder? Pennsylvania."

„Stimmt!", sagt Matthias, und denkt sich, *das ist interessant.*

„Verrückt, nicht wahr?"

„Und was war das für ein Buch?", will er noch wissen.

„Ach so, ja, das habe ich mir auch notiert: *Book of records, Castle Garden, New York,* war die Beschriftung des Exponats."

Matthias schluckt und sagt wieder nichts.

„Das wär' doch verrückt, wenn das die Cousine von der Anna wäre."

Matthias schnauft, denn ein Zweifel schießt ihm durch den Kopf.

„Therese Bachler", sagt er, „das ist ein Allerweltsname."

„Auf einem Schiff, das Bayern hieß?! Und sie wollte nach Philadelphia, das passt doch alles zusammen."

„Naja, sicher, aber ich weiß nicht ... was war das Datum?"

„Genau, das Datum! Schau doch mal nach, ob das hinkommt: 14. Oktober 1866, schreiben die hier. Passt das zeitlich zusammen?"

„Wie soll ich das wissen? In dem Gerichtsprotokoll stand davon nichts."

„Und in dem Tagebuch? Stand da was drin?"

Matthias überlegt. Diese Resi ist tatsächlich ein paar Mal erwähnt worden. Dass sie weg ist, dass es ihr gut gehe, stand da, aber an ein Datum kann er sich nicht erinnern.

„Und was genau stand in dem Gerichtsprotokoll?"

„Nichts. Da bin ich mir ziemlich sicher. Jedenfalls kein Datum."

„Dann mußt du diesen Bachlerhof finden, in Hittenkirchen, kann ja nicht so schwer sein. Da weiß man bestimmt was?"

Da ist er wieder, dieser Befehlston. Sie tut so, als hätten sie sich gestern zum letzten Mal gesehen. Matthias wehrt sich dagegen, indem er demonstrativ gähnt.

Dass die Leute dort die Sache auch so interessant finden würden, davon könne man ja nicht unbedingt ausgehen. Und außerdem gehe ihm das zu weit.

„Wieso sollten wir das tun?", fragt er sie.

„Na einfach so. Das wär doch was, oder?"

„Heute nicht mehr, Sylvia. Ich leg mich jetzt wieder hin."

Sylvia lacht nervös, so wie sie es immer macht,

wenn er nicht sofort das tut, was sie von ihm erwartet.

„Ok. Aber verschlaf' nicht wieder."

Es knackt in der Leitung. Matthias legt auf und löscht das Licht.

Er sinkt in die Kissen und starrt noch minutenlang in die Dunkelheit. Schemenhaft sieht er seine Frau vor sich und fragt sich, was sie antreibt.

Als sie damals vor seinen Augen das Tagebuch der Anna Wimmer ins Wasser geworfen hat, da hat er für den Augenblick den letzten Rest eines Verständnisses für sie verloren; und das weiß sie. Aber so, wie sie jetzt darauf reagiert, dass sie diese Bachlerin eventuell gefunden hat, kommt ihm vor, als wolle sie etwas gut machen.

Angestrengt versucht er sich zu erinnern, was in dem Tagebuch über diese Therese Bachler geschrieben stand, aber es waren zu viele Stellen, als dass er sich an eine einzelne erinnern könnte.

Schließlich steht er auf und geht ins Arbeitszimmer. In der Schreibtischschublade hat er das Protokoll der Verhandlung gegen Franz Wimmer abgelegt.

Er geht es nochmals durch. Therese Bachler, steht da, sei ausgewandert, nach *Pennsilvanien.* Das ist alles.

5

Am nächsten Morgen geht er wie gewohnt ins Büro.

Nur mit Mühe kämpft er sich durch die letzten Protokolle aus dem Bauausschuss. Er hat wenig und schlecht geschlafen und kann sich nur schwer konzentrieren. Zum Glück ist ansonsten nicht besonders viel los an diesem Tag.

Das nächtliche Telefonat geht ihm nicht aus dem Sinn. Was hat Sylvia gesagt? Er soll diesen Hof in Hittenkirchen suchen?

Er hat es selten geschafft, Sylvia einen Wunsch abzuschlagen, denn wenn sie etwas haben wollte, dann war das selten eine Bitte, eher ein Verlangen – und es fällt ihm immer noch schwer, sich ihr zu widersetzen.

Mittags fragt ihn ein Kollege nach Sylvia.

„Wie geht's ihr?"

„Geht schon" , sagt er nur.

„Ewig schad, des mit eich."

Nicht nur unter seinen Kollegen, auch im ganzen Ort sorgt die Geschichte der beiden immer noch für Gesprächsstoff.

Am Nachmittag greift er zum Hörer und ruft einen

Bekannten an, der bei der Gemeinde Bernau arbeitet.

„Bachlerhof? In Hittenkirchen? Nie gehört. Den gibt's do ned", sagt sein Kollege.

„Bist du sicher? Wir hatten da so ein Protokoll von einer Gerichtsverhandlung, ist schon eine Zeitlang her, aber da wurde der Hof so genannt."

„Du, i bin do aufgwachsen. Solang i woaß, hod's do koan Bachler ned gebn."

„Und früher? Vielleicht heißt der Hof jetzt ja anders. Kommt ja vor."

„Freili, des gibt's scho aa, aba säitn. Do frogst am besten an Bauern."

Schlagartig muss er an Frau Heumann denken. Nicht, dass er keinen anderen Bauern in der Umgebung kennt, der vielleicht etwas weiß, aber Evi Heumann, die weiß sicher was.

Noch am gleichen Nachmittag fährt er zum Grubner Hof.

Es ist Anfang Oktober. Eigentlich wäre er gerne mit dem Fahrrad dorthin gefahren, denn tagsüber ist das Wetter strahlend schön gewesen, aber die Abende sind jetzt schon empfindlich kalt. Er nimmt den Wagen.

„Danke, ich muss ja noch fahren", lehnt er den Obstler ab. „Ein Glas Wasser wäre mir lieber."

„Scho recht", sagt Frau Heumann und nimmt ein Glas aus der Anrichte, während Matthias sich an den Küchentisch setzt.

Sie steht an der Spüle, den Rücken zu ihm gekehrt und füllt das Glas aus dem Wasserhahn.

„Sagen Sie, kennen Sie eigentlich einen Bachlerhof in Hittenkirchen?", fragt Matthias.

Die Frage kommt unvermittelt, aber wie im Vorübergehen. Trotzdem stellt er irritiert fest, dass Frau Heumann merklich zusammenzuckt und in ihrer Bewegung kurz erstarrt. Erst als das Glas fast überläuft, reisst sie sich wieder zusammen und dreht sich dann langsam in seine Richtung.

„Den Bachler? Z'Hittnkiacha?"

Sie stellt das Glas vor ihn hin und trocknet die Hände an ihrer Schürze ab.

„Warum?" Sie mustert ihn fragend.

Matthias ist erstaunt über die für ihre Verhältnisse ungewöhnlich heftige und ernste Reaktion.

„Naja, ...", fängt er an. Der Hof sei sowohl im Tagebuch der Anna Wimmer, als auch in dem Gerichtsprotokoll aus Traunstein vorgekommen. Und jetzt habe Sylvia in Amerika, in New York, in einer Liste von Einwanderern einen Eintrag *Therese Bachler* gefunden. Sie habe ihn sogar nachts angerufen, um ihm das zu erzählen, und er fände es ja nicht so wichtig, aber er habe bei der Gemeinde in Bernau nachgefragt, und die wüssten gar nichts von einem Bachlerhof in Hittenkirchen.

Frau Heumann nickt und schaut ihn gedankenverloren an.

„Kennen Sie den Hof, Frau Heumann? Gibt es den?“, fragt Matthias, als ihm die Pause zu lang wird.

Frau Heumann nickt weiterhin langsam, und Matthias ist sich sicher, dass sie mit ihren Gedanken nicht bei ihm ist. Dann seufzt sie laut, wie sie es gerne tut.

„Jo, den kenn i scho. Freili gibt's den. Den hamms auf der Gmoa ned kennt? Des glaab i scho. Der is a ned im Ort, z'Hittnkiacha, der is, wennst hint aussifahrst, auf Aschau, do is der.“

„Von Hittenkirchen Richtung Aschau?“ Matthias versucht, sich die Strecke vorzustellen, kommt aber nicht weit.

Frau Heumann reibt sich mit Daumen und Zeigefinger die Nasenwurzel.

„Da Bachler! Wos hod der mit unsara Anna zum doa?“

„Ich weiß nicht. Die Anna hat den Hof erwähnt, in ihrem Tagebuch, oder eigentlich nicht den Hof, sondern eine Cousine von ihr, die dort gelebt haben musste.“

„A Cousine? De Anna und wer vom Bachler warn verwandt? Des gibt's ja ned.“

„Naja, wieso? In der Gerichtsverhandlung gegen den Wimmer Franz ist das auch so dargestellt worden."

Frau Heumann zuckt mit den Schultern.

„So, so. Na werd's so sei. Und jetz suachst du no a Leich, oder wos?"

„Soll es da eine geben?" Matthias lacht kurz verlegen auf.

Frau Heumann kneift die Lippen zusammen und zieht ihre Augenbrauen hoch.

„I woaß ned …", und sie schweigt merkwürdig lange.

Matthias hat das Gefühl, dass irgendetwas nicht stimmt und ist unschlüssig, ob er noch weiter darüber sprechen soll. Er sieht sie nur fragend an und sagt nichts, denn er spürt mit einem Mal ganz deutlich, dass sie irgend etwas bedrückt. Ihre Hände zucken leicht, während sie an ihrer Schürze nestelt. Matthias sucht in Gedanken schon nach einem anderen Thema, da sagt sie plötzlich: „Host Zeit? Fahrma hoit amoi hi. I hob eh nix mehr z'doa."

„Naja, so wichtig ist es auch wieder nicht. Ich wollte eigentlich dann noch kurz zum Schwimmen gehen."

„A geh. Des is eh scho z'koit. Und ned, dass'd no a Leich findst. Kimm, geh' ma."

Sie hat ihren Humor wieder gefunden.

„Ok“, sagt Matthias und steht auf.

Frau Heumann bindet sich ihre Schürze ab und ruft in die Stube hinein: „Kajetan! I bin glei wieda zruck.“

Sie fahren durch Prien und verlassen den Ort in südlicher Richtung. Hinter der Aschauer Brücke biegen sie bald nach rechts ab. Die Straße führt bergauf nach Hittenkirchen. Dort läßt sie ihn links von der Hauptstraße abbiegen. Sie fahren die enge Straße durch das Dorf hinauf, vorbei am Gasthof Bufler und weiter aus dem Ort hinaus. An der nächsten Kreuzung ist sie kurz unschlüssig. „Links!“, sagt sie dann aber sehr bestimmt.

„Genau, do samma richtig“, sagt die Alte, als einen Moment später links von ihnen der Chiemsee sichtbar wird.

„Jetz geht's glei rechts auffi.“

Matthias biegt rechts ab. Die Straße führt kurz steil bergan. An der Kuppe sagt sie: „Hoit! Do is!“

Sie hat das Wagenfenster heruntergekurbelt und zeigt nach rechts.

„Das soll der Bachler sein?“, fragt Matthias ungläubig und stellt den Motor ab.

„Des is er gwen“, nickt Frau Heumann.

Sie steigen aus und gehen durch das hohe Gras auf die Ruine zu.

Es wird langsam dunkel.

Das, was Frau Heumann als den Bachlerhof bezeichnet, ist eigentlich nicht mehr als eine verfallene Hütte. Die Fenster sind teils eingeschlagen, teils mit Brettern vernagelt. Das Haus steht in West-Ost Richtung gebaut, vorn ein winziges Wohnhaus mit Fenstern wie Schießscharten und einer Tür, so klein, dass selbst die kleine Frau Heumann gerade so hindurchgehen könnte, ohne sich zu bücken. Hinten, im Westen, geht der Bau nahtlos über in einen Anbau, in dem früher der Stall untergebracht gewesen sein muss.

Das Dach hängt auf der Seite zur Straße stark über und scheint jeden Moment einstürzen zu wollen. Man hat es mit mehreren langen Pfählen von unten abgestützt. Der Außenputz der Wände ist fast überall abgefallen.

Matthias und Frau Heumann gehen auf die Eingangstür zu.

„Na, ich glaub, da ist nichts mehr zu erfahren", sagt Matthias.

„Des hätt i dir glei song kenna. Do hod's amoi wos gebn."

Matthias versteht nicht ganz, was sie damit sagen will. Er geht einmal rund um das kleine Anwesen herum und linst in das ein oder andere

Fenster hinein. Rings um das Haus steht das Gras knöchelhoch.

Frau Heumann bemüht sich, durch das Fenster direkt neben der Tür zu spähen.

„Do war scho lang koana mehr."

Matthias steht neben ihr und greift nach der Türklinke, bewegt sie, doch die Tür gibt nicht nach.

„Verschlossen", sagt er, „aber hinten ist noch eine Tür."

„Mogst do eini schaun? Wos soi do scho sei?"

„Stimmt. Ich denke, da können wir wieder gehen."

Als sie sich umdrehen und wieder zum Auto zurückgehen wollen, bemerkt Matthias, dass sie beobachtet worden sind. Auf dem Nachbargrundstück steht eine Frau in der Wiese und sieht zu ihnen herüber, macht aber keine Anstalten, das seltsame Paar anzusprechen. Sie war dabei, die Wäsche abzunehmen und hat ihre Arbeit unterbrochen.

Matthias zeigt zu der Frau hinüber: „Ich glaube, wir werden beobachtet."

„De werd moana, du suachst a Oitenheim für mi", lacht sie verschmitzt und geht langsam weiter.

„Sollen wir sie ansprechen und fragen, seit wann der Hof verlassen ist?"

„I glaab, i woaß eh, aba frong konnst scho."

Evi Heumann steigt ins Auto. Matthias zögert und geht dann doch auf die fremde Frau zu.

Die Frau ist Mitte bis Ende vierzig, hat schulterlange dunkle Haare und trägt eine große Brille. Sie winkt ihm freundlich zu, als er sich ihr nähert.

„Grüß Gott", sagt Matthias über den Zaun hinweg, „der Hof da, ist das der Bachler Hof?"

„War er, aber da wohnt schon lange keiner mehr."

„Sieht man. Haben Sie die Leute gekannt?"

„Nee, so alt bin ich noch nicht." Die Frau lacht. Sie hat einen leicht singenden Ton in ihrer Stimme. „Da is seit dem Krieg keiner mehr jewesen."

Matthias nickt und sieht auf die Ruine. Erst jetzt bemerkt er, dass man von dort aus einen freien Blick auf die Kampenwand hat. Die Lichter der Bergbahn leuchten schon.

„Stört die schöne Aussicht, so eine Ruine in der Nachbarschaft, oder?"

„Wir haben uns daran jewöhnt. War schon so, als wir hierher jezogen sinn."

„Seit wann sind Sie denn hier, wenn ich fragen darf?"

„Mehr als 20 Jahre jetzt. Der Hof war damals schon verlassen, und bei der Jemeinde hat man uns gesacht, der wird bald abjerissen, aber die Besitzer haben es wohl nicht so eilig damit, und jetzt verfällt er eben langsam."

„Kennen Sie die Besitzer?"

„Kennen ist zuviel jesacht, telefoniert haben wir mal, denn wir wären ja auch froh, wenn da endlich mal was passieren würde. Suchen Sie ein Grundstück?"

„Nein, äh, sicher nicht, wir ..."

Matthias fällt ein, dass er der unbekannten Frau kaum die Geschichte erzählen kann, wegen der er dort ist.

„Nein, nein, wir haben nur von diesem Hof gehört und ... tja ... und wissen Sie denn, wo die Bachlers jetzt wohnen?"

„Bachlers? Ach so, nein, die haben nicht Bachler jeheißen"

„Sondern?"

„Hm ..." Die Frau überlegt. „Steiner, oder so ähnlich. Aber kommen Sie mal schnell rein. Mein Mann, der weiß datt."

Sie packt ihren Wäschekorb mit Schwung und schleppt ihn die wenigen Schritte zum Haus.

Matthias folgt ihr bis zur Haustür und wartet dort, wo sie im Hausflur verschwunden ist. Er schaut sich um. Frau Heumann sitzt schon im Wagen und schaut fragend zu ihm herüber. Er winkt ihr zu und weist mit der flachen Hand stumm ins Haus.

„Berger, sacht mein Mann, so haben die jeheißen." Die Frau steht plötzlich wieder neben ihm. „Mein Mann hat damals ein paar Mal mit der Frau telefoniert, wegen des Abrisses und ein paar anderen Sachen, aber die hat's offenbar nicht nötig jehabt. Und jesehen haben wir die hier noch nie."

„Danke, war auch nicht so wichtig."

Matthias verabschiedet sich.

Als er wieder im Wagen sitzt, schaut Frau Heumann ihn immer noch fragend an.

„Und? Wos hod's gsogt?"

„Es ist der Bachlerhof, aber die Leute haben nicht Bachler geheißen. Sie wissen es auch nicht mehr so genau. Sie sagt Steiner, er sagt Berger."

„Stoabeaga!", nickt Frau Heumann nachdenklich. „Steinberger!" wiederholt sie in akzentuiertem Hochdeutsch, und jetzt schaut Matthias sie fragend an.

„Steinberger? Woher wollen Sie das denn jetzt wissen?"

„Fahr zua!", sagt die Alte. „I mog do ned sei."

Matthias fährt Frau Heumann nach Hause. Die ganze Fahrt über sagt sie nichts, und Matthias respektiert ihr Schweigen, obwohl es ihn langsam nervt, dass sie aus dieser Sache solch ein Geheimnis macht.

Als er auf dem Grubner Hof anhält, schaut sie ihn nachdenklich an, als ob sie etwas sagen will, aber dann schüttelt sie nur den Kopf.

„Was ist denn jetzt mit diesem Steinberger?“, fragt er sie.

„Do muas I erscht mit meim Bruada redn. I sogs da nahat scho.“

„Ach, lassen Sie. Ist schon gut, so wichtig ist es sicher auch nicht.“

„Jo“, seufzt sie, „des is’. Guat is ned, aber wichtig is scho.“

Dann steigt sie aus, ohne ein weiteres Wort zu sagen.

6

Während der kurzen Fahrt nach Hause überlegt Matthias, was Frau Heumanns Worte bedeutet haben könnten. Es ist ihm klar, dass sie irgendeine seltsame Beziehung zu diesem verfallenden Bachlerhof oder der Familie haben muss, aber warum sie die Sache mit ihrem *Bruder* bereden will, das macht für ihn keinen Sinn. Er ist selbstverständlich davon ausgegangen, dass sie sich mit ihrem *Mann* besprechen müsse – falls es überhaupt irgend etwas zu besprechen gibt. Eigentlich weiß er nicht viel über die Familie Heumann, denkt er, obwohl sie ihm in der Sache mit Anna Wimmer so entscheidend weiter geholfen hat.

Zuhause zieht er als erstes das Heimatbuch aus dem Regal. Das hat Sylvia seinerzeit auch getan, um die ersten Informationen über die Geschichte des Grubner Hofs nachzuschlagen, aber Matthias kann sich an keine Einzelheiten mehr erinnern.

Er findet, dass der Hof nach Plünderungen durch die Husaren im Jahr 1705 in den Besitz der Familie Wimmer gekommen ist. Die letzten Wimmers auf dem Grubner Hof waren die Eheleute Franz und Anna Wimmer – das war seine Vorfahrin, die 1869 von ihrem Liebhaber Andreas

Thanner, dem damaligen Bürgermeister von Prien, erschlagen worden ist. Danach wurde der Hof an eine gewisse Barbara Wimmer übergeben, die im Jahr darauf einen Lorenz Heumann aus Vachendorf geheiratet hat.

Die nächste vermerkte Besitzerin ist eine Kreszentia Heumann. Die muss den Hof bis 1919 besessen haben, denn erst dann geht er über auf einen Kajetan Heumann, der im gleichen Jahr eine Katharina Glas aus Prien geheiratet hat.

Kajetan – der Name ist heutzutage selten, denkt Matthias, aber war das nicht der Name, den Frau Heumann in die Stube gerufen hat, bevor sie mit ihm zusammen weggefahren ist? Er kann sich nicht mehr genau erinnern und blendet den Gedanken wieder aus.

Die nächste und bis dahin letzte Übergabe des Hofes datiert auf das Jahr 1948, und als Besitzer nennt das Buch wieder einen Kajetan Heumann, verheiratet seit 1943 mit Ursula Hinterkofler aus Ruhpolding.

Matthias notiert sich die Jahreszahlen und die Namen. Dann geht er die Liste noch einmal durch:

Ganz oben steht Barbara Heumann, geborene Wimmer. Die hat den Hof 1869 übernommen. Aus den Nachforschungen, die er vor Wochen zusammen mit Sylvia angestellt hat, weiß er noch, dass sie eine Schwester von Franz Wimmer war, dem Ehemann von Anna Wimmer. Das hat die Heumann ihnen so erzählt.

Dann kommt zunächst diese Kreszentia Heumann und schließlich 1919 ein Kajetan Heumann, 50 Jahre nach der Übernahme durch Barbara Heumann. Für nur eine Generation ist das fast zuviel, für zwei eher zu wenig, aber noch nicht unmöglich. Auch kann er die Zwischenbesitzerin Kreszentia nicht einordnen. Sie muss eigentlich das Kind von Lorenz und Barbara gewesen sein, und scheinbar ist sie unverheiratet geblieben. Aber wer soll dann dieser Kajetan gewesen sein? Entweder ein spätes Kind von Lorenz und Barbara – fast zu spät – oder ein frühes Kind der Kreszentia.

Matthias ist sich sicher, dass Frau Heumann das aufklären kann und beschliesst, sie danach zu fragen.

Schon am nächsten Abend ruft sie bei ihm an und bietet ihm an, zu ihr zu kommen.

„Des mit dem Stoabeaga Hans“, fängt sie an, während sie im Küchenherd das Feuer schürt, „des war a beese Gschicht. Des war a beeser Mo.“

Sein Vater sei schon ein Lump gewesen. Der hätte sich in den zwanziger Jahren von einer Versicherung dafür bezahlen lassen, dass er einige Höfe in der Gegend angezündet hat, „weil de habn ja mehra Gschäft gmacht, wenn's wo brennt hod, verstehst?"

Darum hätte es damals auch die Blechschilder der Versicherungen an den Höfen gegeben, damit der bezahlte Brandstifter gewusst hat, wo er nicht zündeln darf.

Sie setzt sich zu ihm an den Küchentisch.

„Aba wia sog i jetz des?"

„Wie Sie wollen", beeilt Matthias sich zu sagen, aber sie hat ihm gar nicht zugehört.

„I bin 34 auf'd Wäid kemma, und mir warn 4 Kinder. I war de Jingste. Drei Briada hob i ghabt. Oana lebt no, der Kajetan, de andern warn Zwilling, und de sann gfoin."

Matthias merkt, dass es ihr schwer fällt, darüber zu sprechen. Gleichzeitig aber spürt er auch, dass sie etwas erzählen will, etwas, das sie bedrückt und raus will.

Der Kajetan, sagt sie, der sei der Älteste gewesen, *a Zwanzger, der hätt' an Hof kriagn soin*, aber als er ins heiratsfähige Alter gekommen ist, da wären ja noch die Kinder, also sie selbst und die Zwillinge auf dem Hof gewesen, und dann hätte er die ja mit ernähren müssen.

„Und dann is a erscht amoi wegganga, und a

Frau hod a gfunden, spaada, z'Ruapading. Die habn aa an Hof ghabt, und do hod a bleib'n kenna. Des war scho unterm Kriag, und die Zeiten waren schlecht, für olle vo uns, aber es is scho irgendwia ganga."

Matthias weiß nicht so recht, auf was sie hinaus will. Sie stockt, doch dann fährt sie fort.

„Im Winter 44 hamm's den Hubert eizong, den Wasti ned."

„Waren das die Zwillinge?", fragt Matthias nach.

Frau Heumann nickt.

„Grod 16 Johr sann's gwen."

Sie schüttelt den Kopf und sieht im Raum umher, als suche sie nach ihren Brüdern.

„Der Wasti, den hamm's vagessen, oder er hod in de Unterlong gfäit, i woaß ned, jedenfois hamm's nur nach am Hubert geschriem, dass er sich z'Rousnham hod mäiden soin."

Sie sähe ihren Vater heute noch vor sich, sagt sie, wie er diesen Brief in den Händen gehalten habe und den Kopf geschüttelt hat und gesagt hat, dass er erst im 17ten Jahr ist, und was soll der denn im Krieg?

Sie steckt den Finger in das Küchentuch, das sie auf dem Schoß hält und wischt sich eine Träne von der Wange.

„44, da war der Kriag doch eh scho verlorn,

hod mei Vater gsogt, aber laut hod a des ned song deafa."

Ihr Vater sei im 14er Krieg gewesen, und gleich am Anfang sei er verwundet worden. Das wäre sein Glück gewesen, denn dann hätten sie ihn nach Hause geschickt, aber er sei nie mehr richtig gesund geworden.

„Meine Buam, die gengan in koan Kriag ned, hod a oiwei gsogt, ois der Kriag oganga is, und ois ogfangt hamm, dass de junga Leit eiziang, do is da Kajetan eh davo, des hod a grod passt."

Sie macht wieder eine Pause.

Mit dem Magen hätte er es gehabt, der Vater, und dann hat er den Krebs gekriegt, Blutkrebs und 48 ist er gestorben. Da sei er gerade 50 gewesen.

„Und der Hubert, der is glei gfoin, an der Westfront, hamm's uns g'schrieb'n, in Frankreich, genau wiss mas ned."

Matthias kann ihrer Geschichte gut folgen. Er nickt stumm, und als sie nicht weiter spricht, fragt er:

„Und der Steinberger? Was hatte der damit zu tun?"

Zum ersten Mal sieht sie ihn wieder an, und Mathias meint, sie flehe ihn an, dass er ihr eine Schuld abnehme.

„Der Stoabeaga! Ja, dann war des mit dem Stoabeaga. Woaßt? – der ist überoi rum, mim Motorradl is a umanand gfahrn und hod gschaut, wo no junge Männer gwen sann ..."

Und die habe er dann beim General gemeldet, dass man die noch hat einziehen können.

Matthias schüttelt den Kopf, als könne er es nicht glauben.

„Was für ein General?"

„Der hod so an General kennt, der wo oiwei z'Prean gwen is. A Preiß is a gwen, a SS'ler, des aa no, hamm's gsogt, aber da Bachler, der war recht speziell mit eahm, woaßt?"

Matthias kann sich zwar vorstellen, dass die SS in Prien war, aber er fragt sich, was ein SS-General wohl mit einem Bauern wie dem Bachler zu schaffen gehabt hat.

„Der Stoabeaga ist zu uns kemma, weil er hod ja gwußt, dass des Zwilling warn, der Wasti un der Hubert."

Ihr Vater hätte den Sebastian verstecken wollen, und er habe zum Bachler gesagt „I hob scho an Buam hergebn."

„Vielleicht hat man nur einen der Zwillinge in der Kartei gehabt und deshalb nur den Hubert eingezogen", wirft Matthias ein.

Frau Heumann zieht die Schultern hoch.

„I woaß ned. Is a wurscht.“ Sie macht mit der Hand eine wegwerfende Bewegung und erzählt weiter.

„I war 10 Johr oid, und i hob's genau gseng, wia da Stoabeaga in dera Stubm gsessen ist, grod do nebndro“, sie macht mit dem Kinn eine Bewegung nach rechts.

Sie sei mit ihrer Mutter in der Küche gewesen, und sie hätten sich nicht hinausgetraut, aber jedes Wort hätten sie gehört und verstanden.

„Erscht hamm's nur a so gred und dann hamm's boid gstrien, und da Bachler hod mein Vater an Bastard gschimpft, weil der war a ledigs Kind vo seina Muada.“

Matthias hakt ein, denn er erinnert sich an die Verhältnisse, wie sie im Heimatbuch geschildert worden sind. Er zieht den Zettel hervor, auf dem er sich die Namen und Daten notiert hat.

„Ah, dieser Kajetan, der 1920 den Hof bekommen hat, war der das Kind der Kreszentia?“

Frau Heuman schaut ihn erstaunt an.

„Ja, genau, des war mei Vater, des uneheliche Kind vo der Heumann Zenzi. Woher woaßt jetz du des?“

„Im Heimatbuch steht das. Dass der Hof 1920 auf einen Kajetan Heumann übergegangen ist, und davor hatte ihn eine Kreszentia Heumann gehalten, unverheiratet, und ich hatte mich schon gefragt, wie das zusammen geht."

„Jaja, des geht scho zamm", sagt die Heumann, das sei ihr Vater gewesen. Geboren 1897, und seine Mutter, Kreszentia Heumann, ihre Großmutter, habe ihn mit Anfang 20 bekommen. Sie sei das einzige Kind auf dem Hof gewesen, „und dann a ledigs Kind!"

Ihr Vater habe das vielleicht nicht verkraftet, „i woaß ned", denn zwei Jahre später sei er gestorben. „Und dann stäi dir des vor: zwoa Weiberleit und a kloans Kind, alloa auf so am Hof."

Irgendwie hätten sie sich schon durchgeschlagen. „Wia des ganga is, des ko man si heit nimma vorstäin", aber irgendwie wäre es schon gegangen.

Sie hebt die Hände.

„Aba dann is no schlimmer worn. Da Deife scheißt oiwei zwoamoi." Die Mutter, die Barbara, die Schwester vom Wimmer Franz, die sei 1910 gestorben, und dann sei die Kreszentia allein gewesen mit dem Kajetan. Der sei da ja schon 13 gewesen und habe sicher mit angepackt auf dem Hof, und irgendwie sei auch das gegangen, bis er in den Krieg habe ziehen müssen, „da war's ganz alloa, de Zenz, aber sie hod's oiwei gschafft."

„Haben Sie sie noch kennengelernt?"

„Mei, ja", sagt die Heumann. 1948 war ihre

Großmutter gestorben, im 77sten Lebensjahr. Da sei sie selbst schon 14 gewesen, und die Großmutter habe in ihren letzten Jahren viel erzählt, je älter sie wurde, desto mehr Zeit hätte sie ja gehabt, und da habe sie aus ihrem Leben erzählt. „Koa leichts Lebn."

„Der Kajetan war ihr einziges Kind?"

„Ja, und ob's des glaabst oda a ned, sie hod uns nia gsogt, wer da Vater war!"

Das sei ja schließlich auch egal. Jedenfalls müsse es sie sehr enttäuscht haben, denn danach habe sie keinen Mann mehr haben wollen.

Matthias fällt wieder ein, dass er nicht weiß, ob Frau Heumann selbst überhaupt verheiratet ist – oder war. Das kommt so plötzlich, dass er gar nicht überlegt, ob die Frage höflich oder auch nur angebracht ist; sie rutscht ihm förmlich heraus:

„Waren Sie eigentlich verheiratet?"

Frau Heumann lacht.

„Na, an Tschamsdara hob i ma scho oglacht, a diam" Aber es sei nie so weit gekommen, dass sie hätte heiraten müssen. Matthias schmunzelt innerlich.

„Bin a schlechter Jahrgang, woaßt?", sagt sie.

Die, die für sie in Frage gekommen wären, von denen seien etliche im Krieg geblieben, „und dann war i a scho z'oid. Passt a so"

Sie habe ihr Auskommen gehabt „und mit meim Bruada, do hod's nia wos gem, und mit seiner Frau a ned."

„Sie meinen den Kajetan, das ist Ihr ältester Bruder, der hat den Hof 1948 übernommen."

Matthias liest es wieder von seinem Zettel ab.

„Freili!"

„Aber jetzt habe ich Sie unterbrochen. Sie haben gesagt, der Steinberger habe Ihren Vater einen Bastard geschimpft."

„Ja, der Stoabeaga", sagt sie, als falle es ihr plötzlich wieder ein, „der hod nach am Kajetan gfrogt, dem äitesten Sohn, meim Bruada, dass der obghaut is, aber den daaten's scho no finden", hätte er gesagt. Er hätte gehört, dass der in Ruhpolding sei.

Und dann habe sie gesehen, wie ihr Vater ihn rausgeschmissen hätte, und hinter ihm her geschrien hätte er „Schleich di du ..." und Namen hätte er ihm gegeben „und da Bachler hod zruckplärrt, dass i mir de Ohrn zuaghoitn hob."

Sie macht eine Pause und atmet tief ein. Ihre Stimme wird leiser, so leise, dass Matthias ein wenig näher rücken muss, um sie zu verstehen.

Schon drei Tage später sei der nächste Brief gekommen, die Einberufung für ihren Bruder Sebastian.

„Mei Muada hod gread und gsogt, sie schickt

eahm zum Kajetan auf Ruapading, aber mei Vater hod gsogt, des geht ned, dann finden's den a no, und er hod aa gsogt, dass er des regelt."

Sie holt tief Luft und sieht Matthias dabei in die Augen.

Ihr Vater sei dann zum Bachler nach Hittenkirchen, und was da geschehen sei, das wisse sie nicht, denn er habe es ihnen nie erzählt, aber als er nach Hause gekommen sei, da habe er auf dem Hof vor der Tür gestanden und ihre Mutter in den Arm genommen, und da habe er geweint. Das war das erste Mal, dass sie ihren Vater habe weinen sehen, und er habe zu ihrer Mutter nur gesagt: „Des hod ois koan Sinn ned! I werd eahm daschiaßn, den Bachler."

Sie macht wieder eine Pause und blickt beschämt zu Boden.

„Des hod a gsogt, und des werd i nia vergessen. Mir hamm's olle g'hört: daschiaßn werd i eahm."

Ihre Mutter habe ihn nur angeschaut und gar nichts gesagt. Und dann hätte es nicht lange gedauert „und da Bachler is tot in der Prea gflakt. Da oid Eisenrichter hod'n aussizong", und da habe sie natürlich gemeint, ihr Vater sei ein Mörder, aber sie habe ihn trotzdem, oder gerade deswegen, bewundert.

„O mein Gott." Matthias hat gar nicht so schnell realisiert, was die alte Heumann da gerade gesagt hat.

„Der Bachler ist tot in der Prien gelegen? Ermordet? Und Sie glauben, Ihr Vater war's?"

Die Alte zuckt mit den Schultern.

„I woaß ned, gsogt hod a nia wos, dass guat is, oda a schlecht, er hod oafach nix mehr gsogt."

Es sei ja auch wurscht, wer den „Hodalump umbrocht hod", aber als Kind habe sie lange geglaubt, gehofft habe sie es, dass der Papa den Bachler erschossen hat.

„Und später?"

Später habe sie sich gedacht, dass ihr Vater doch sehr christlich gewesen sei, und dass er keinen hätte ermorden können, „aba dann hamma de Pistoin gfunden. Der Kajetan hod's gfunden, im Nachtkasterl is glegn, glaabst es? Eipackelt, im Nachtkasterl. De muass a aus'm erschten Kriag mitbrocht hamm, hod da Kajetan gsogt, und de hamma vagrobn, weil mir woitn de nimma im Haus hamm."

Matthias nickt schweigend vor sich hin und versucht, den Faden ihrer Erzählung wieder aufzunehmen.

„Und der Sebastian, der ist dann eingezogen worden?"

„Den Wasti, den hamm's im Fruahjohr 45 auf Thüringen gschickt, und do hamm de Russn eahm gfangt und mitgnumma, auf Sibirien, hod's g'hoaß'n."

Einmal habe er geschrieben, dass es ihm gut gehe, aber das würde schon nicht gestimmt haben. 47, sagt sie, sei der Brief gekommen, dass er gestorben ist, an Lungenentzündung, in Sibirien, wo es doch so kalt sei.

Die Alte kämpft mit den Tränen. Matthias blickt betroffen zu Boden.

„I woaß no, wia da Briaf kemma is."

Ihre Mutter habe ihn angenommen und gleich gewusst, da steht nichts Gutes drin, weil wie so ein Brief ausschaut, das habe man schon geahnt damals „und dann hod's mi aufs Fäid aussi gschickt, dass i an Vater hoi. Und dann samma wieda hoam kemma, da Papa un i, und d'Muada hod eahm an Briaf highoitn un gread, weils'n scho aufgrissen ghabt hod, und da Vater hod mi furtgeschickt, und d'Muada hod gsogt, da Wasti, sunst nix."

Frau Heumann schluchzt.

Dann sei alles sehr schnell gegangen. Der Vater sei ganz krank geworden, „1948 is er gstorben, kurz nach der Währung". Die Beerdigung hätten sie schon mit dem neuen Geld bezahlt. Für ihre Großmutter sei es schlimm gewesen. Ob es denn etwas Schlimmeres gebe, als das eigene Kind zu begraben? Sie sei immer so stark gewesen, aber das habe sie nicht mehr verkraftet. 3 Monate später sei auch sie gestorben. Und dann sei sie allein auf dem

Hof gewesen, sie und ihre Mutter, fast wie ihre Großmutter 40 Jahre vorher auch. Die Geschichte würde sich halt immer wiederholen, und so, wie ihre Großmutter es geschafft hätte, so hätten sie es schon auch geschafft, allein, aber dann sei der Kajetan wieder heimgekommen. Er war in Ruhpolding gewesen, geheiratet hatte er, und auf dem Hof, wo er war, ist auch der Jüngste nicht mehr aus dem Krieg heim gekommen. Der hätte auch Wasti geheißen, und sie hätten nicht einmal gewusst, wo er gefallen war.

Da habe ihr Bruder Kajetan seine Frau mitgebracht auf den Grubner Hof und dann haben sie alle zusammengeholfen und dann ist es schon wieder aufwärts gegangen.

„Kinder hamma aa wieder ghabt, Buam, woaßt? – guade Buam, aber i hob ned gheirat, na, i bin auf'm Hof bliem. Bis heit, und do werd i a sterbn."

Matthias beißt sich auf die Unterlippe und schluckt schwer. Er hat ihr während der letzten Minuten atemlos zugehört, mit der Hand vor dem Mund. Jetzt wischt sie sich mit ihrem Geschirrtuch über das Gesicht, zieht laut die Nase hoch und lächelt sogar ein wenig.

„Der liabe Gott, der hod scho a Eiseng. Bei de Bachlerischen, de hamm koa Glick nimma ghabt. Do is ois an Bach obi ganga. Der liabe Gott, der werds schon richten, hod mei Oma oiwei gsogt."

Später, in den fünfziger Jahren, sei sie mit dem Fahrrad zum ersten Mal nach Hittenkirchen hinaufgefahren und habe den Hof gesucht. Damals habe den jeder gekannt, und sie habe ihn auch gleich gefunden, aber da sei schon niemand mehr da gewesen. Und seit dem Tag sei sie nicht mehr dahin gekommen „bis gestern, ois du gsogt host, du suachst an Bachler, und dass der wos mit unsara Anna zum doa hod."

Matthias hat das Gefühl, dass sie an einem Punkt angelangt ist, an dem sie ihre Geschichte zuende erzählt hat.

„Wer kennt diese Geschichte, Frau Heumann?"

Sie lächelt wissend.

„Ja mei, s'gibt grod gnua Leit, die wo des wissen. Vo Bernau bis Rimschting", sei der Bachler Hans weit rumgekommen „und mei Bruada, der war ned der oanzige, den er highängt hod."

„Und als er tot war, ... hat man da nicht auch hier *ermittelt?*"

Matthias weiß nicht, ob das das richtige Wort ist, aber ein anderes fällt ihm nicht ein.

„Du moanst, ob d'Polizei do war?"

Matthias nickt, aber Evi Heumann winkt entschieden ab.

„A geh! Polizei!" Die habe es damals doch gar

nicht gegeben. Da seien doch die Amerikaner überall gewesen und hätten alles geregelt.

Der Bachler sei seiner Familie übergeben worden, von den Amis, und gehört habe man, dass jemand den Bachler Hans erschossen hat, aber wer und wie, das sei den Leuten egal gewesen, denn die hätten ja andere Sorgen gehabt, damals.

„Und Ihr Vater hat nichts gesagt?“

„Na, der hod drüber nimma gred. Der war do scho krank, und vo dera Pistoin hamma ja domois no nix gwusst. I hobs ghofft, dass er's war. Aba gsogt hod a nix, nia.“

Sie lächelt sanft und zieht leicht die Brauen über ihren glasigen Augen hoch.

„Tut mir leid, Frau Heumann, dass wir diese alten Geschichten jetzt wieder ausgraben. Ich ...“

„Scho guat“, sagt die Bäuerin vom Grubner Hof. „Gschichten sann dazu da, dass ma's verzäit, oda?“

7

Schon am nächsten Tag läßt Sylvia sich das Telefonbuch von Philadelphia auf ihren Schreibtisch legen.

Sie hat erwartet, dass ein Allerweltsname wie van Gries – so klingt er zumindest für sie – seitenweise vorkommen werde, aber da hat sie sich getäuscht.

In der Stadt gibt es nur vier Einträge mit diesem Namen.

Überschaubar, denkt sie sich und wählt die erste Nummer. Es meldet sich die Stimme einer jungen Frau. Sylvia meint sogar, einen deutschen Akzent zu hören.

Sie erklärt kurz, wer sie ist, und dass sie auf Ellis Island gewesen sei und dort auf den Namen van Gries gestoßen sei. Leider hat die Frau am Telefon wenig Geduld mit ihr, und bevor sie weiterreden kann, sagt sie „Don't call again!" und hängt auf.

„Idiotin!" Sylvia starrt auf den Hörer und knallt ihn zurück auf die Gabel.

Bei der nächsten Nummer hat sie etwas mehr Glück. Es meldet sich ein hörbar älterer Mann. Diesmal fängt sie damit an, dass sie Familienforschung betreibt, was ja auch nicht direkt gelogen ist. Sie sei aus Deutschland und interessiere sich für die Herkunft des Namens van Gries. Der Mann am anderen Ende der Leitung weiß zwar nicht so recht, wovon sie spricht, aber er meint, nein, der Name sei kein deutscher Name, sondern holländischer Abstammung. Mehr wisse er leider auch nicht, aber es gäbe einen ganzen Haufen Leute mit diesem Namen in der Nähe von Lancaster.

„Lancaster?“, fragt Sylvia. „Where's that?“

„Not far“, sagt der Mann. „An hour west of Philadelphia.“

Sylvia bedankt sich herzlich. Das trifft sich gut, denn für das kommende Wochenende hatte sie sich einen Ausflug ins Hinterland vorgenommen.

Am Freitagabend nimmt sie den Highway 76 und verläßt die Stadt in nordwestlicher Richtung.

Sie ist erst spät aus dem Büro gekommen, eigentlich zu spät, um noch zu verreisen, aber sie denkt sich, sie fährt einfach mal los; es ist nicht sehr weit bis Lancaster.

Kurz nachdem sie das Stadtgebiet verlassen hat, passiert sie eine Gegend, die sich *King of Prussia* nennt. Sie schüttelt den Kopf und lächelt ein wenig vor sich hin. *König von Preußen*, denkt sie, *der alte Fritz?* – und überlegt, ob es jemals einen anderen gegeben hat. Geschichte hat sie nie interessiert, wenn es nicht ihre eigene ist.

Sie fährt weiter. Die Straßenschilder sagen ihr, dass sie sich auf dem *Pennsylvania Turnpike* westwärts bewegt. *America* summt sie vor sich hin. Eine Melodie von Simon & Garfunkel geht ihr plötzlich nicht mehr aus dem Kopf, aber der Text will ihr nicht einfallen. Das ärgert sie, und um sich abzulenken, fängt sie an, die Autos zu zählen, die sie überholen. Viele sind es nicht. Die Amerikaner halten sich auffällig genau an das Tempolimit. Da ist sie anders.

Einen Tick drüber, meint sie, *ist schon ok, I'm from Germany, da fährt man immer schneller als erlaubt, und überhaupt*, denkt sie, *fahren wir alle immer schneller. Eigentlich komisch: Wir haben doch mehr Zeit als je zuvor, weil wir länger leben als alle Generationen vor uns, und trotzdem haben wir scheinbar ständig das Gefühl, dass wir etwas verpassen. Die Hektik nimmt zu, die Hetze wird schlimmer, it's a rat race, sagen die Kollegen im Büro.* Eigentlich genießt sie es, dass sie hier mit deutlich weniger Anspannung hinter dem Lenkrad sitzt, und lässt den Zeiger des Tachos unter 65 Meilen sinken.

Nach einer halben Stunde Fahrt durch endlose Felder taucht auf einem der Ortsschilder der Name New Holland auf. Van Gries ist ein holländischer Name. Das hat der Mann am Telefon betont, aber natürlich weiß sie es ja auch aus dem Eintrag in dem Buch, das im Museum auf Ellis Island ausgestellt ist. Ein kurzer Blick auf ihre Karte verrät ihr, dass es nicht mehr weit sein kann bis Lancaster, aber sie könnte wetten, dass es in New Holland Amerikaner holländischer Abstammung gibt. Instinktiv biegt sie ab. Es wird langam dunkel, und außerdem bringt das entspannte Fahren auch eine gewisse Langeweile mit sich.

Die Route 23 bringt sie nach gut 20 km nach New Holland, einer Kleinstadt, wie man sie sich vorstellt. Mitten im Ort hält sie vor dem Comfort Inn und beschließt, dort die Nacht zu verbringen.

Das Personal ist zuvorkommend, ihr Zimmer klein, aber sauber und gemütlich. Sie wird es nicht lange brauchen, und sie ist froh, dass es ein Nichtraucherzimmer ist.

Im Nachttisch findet sie wie immer eine Bibel und ein Telefonbuch der Gegend. Sie schlägt es auf und sucht nach van Gries. Es gibt zwei Einträge: Einen Marc van Gries, einen Richard van Gries. Earl, steht dabei. Nicht gerade viel für *a bunch of people*, wie der alte Mann am Telefon gesagt hat, aber dann fällt ihr ein, dass er Lancaster gesagt hat. Zum Anrufen ist es zu spät, aber am nächsten Morgen wird sie es probieren.

Sie nimmt eine Dusche und will zum Abendessen im Hotel bleiben, früh schlafen gehen und gleich am nächsten Morgen weiterfahren, Richtung Westen, über Lancaster, und vielleicht sogar noch weiter.

Nach dem Abendessen geht sie noch ein wenig spazieren. Sie läuft die Hauptstraße ein paar hundert Meter hinauf und wieder herunter. Danach hat sie das Gefühl, den ganzen Ort schon gesehen zu haben. Höchstens tausend Einwohner, schätzt sie, hier kennt sicher jeder jeden. Als sie zurückkommt, spricht der junge Mann an der Rezeption sie an: „Been out for a walk? How do you like it?“

„Fine“, sagt Sylvia, und fragt nach der Einwohnerzahl des Ortes.

„Ah, vielleischt finftausend“, sagt der Mann in gebrochenem Deutsch.

Sylvia tut überrascht: „Sie sprechen Deutsch?“

Der junge Mann lacht und winkt ab „No, not really.“

Sylvia sagt, sie habe geglaubt, es seien deutlich weniger Einwohner, und dass hier jeder jeden kenne.

Das schon, sagt der Mann, jedenfalls die Einheimischen, die kenne er alle.

„Mostly Dutch?“, will Sylvia wissen.

Wegen des Namens *New Holland*?, lacht der Mann. Nein, die meisten seien eigentlich deutscher Herkunft. *A lot of Germans around here.* Sie sei doch auch aus Deutschland. Er habe sich schon gefragt, ob sie vielleicht ihre Verwandten suche, aber eine Familie Staudacher gäbe es hier nicht.

Nein, nein, sagt Sylvia, sie suche nicht wirklich jemanden, aber sie wäre da zuletzt in einer komplizierten Geschichte über einen Namen gestolpert, der hier vorkäme, nämlich van Gries.

„Oh sure", lacht der Mann, van Gries, das seien tatsächlich die Holländer hier. Wahrscheinlich hätten sie dem Ort auch den Namen gegeben, denn das sei eine der ältesten Familien hier, aber die hätten auch mehr mit Deutschland zu tun, weil, er sei mit einem der Jungs in die Schule gegangen, versteht Sylvia, und er wüsste, dass die zu Hause mehr Deutsch als Englisch gesprochen hätten, und natürlich Holländisch.

Sylvia ist perplex. Das muss ihre Adresse sein.

Sie sagt, sie hätte den Eintrag schon im Telefonbuch gefunden, die Leute würden in Earl wohnen, wo denn das sei.

Das könne sie gar nicht verfehlen, sagt der junge Mann, sie solle in nördlicher Richtung raus fahren, und da läge dann rechter Hand eine Farm, *pretty big, can't miss it.* Das wären sie, die van Gries.

Sylvia bedankt sich und geht schlafen.

Ihr Instinkt hat sie wieder einmal nicht getäuscht. Gleich morgen früh wird sie die Farm besuchen.

8

Farm war untertrieben. Ranch wäre das Wort gewesen, das Sylvia benutzen würde.

Sie steuert ihren Wagen durch das Tor, das den endlosen weißen Bretterzaun auf gut 20 Metern unterbricht, und fährt im Schritttempo noch gut zwei Minuten, bis sie auf einer kleinen Anhöhe vor einem U-förmigen Gehöft zum Stehen kommt. Links und rechts der Auffahrt verstreut liegen noch ein halbes Dutzend weiterer kleinerer Gebäude, und direkt an das Haupthaus schließen sich flügelartig mehrere Wirtschaftsbauten an. Dahinter kann sie eine riesige Scheune ausmachen. Ein alles überragendes Windrad dreht sich gemächlich im Wind. Auf dem Gelände grasen vereinzelt Kühe und Schafe.

Hier wohnen keine armen Leute, denkt Sylvia, als sie aus dem Wagen steigt und die wenigen Stufen zur Eingangstür hinauf geht, neben der eine altmodische Glocke ruhig vor sich hin rostet.

Noch bevor sie den Klüpfel betätigen kann, fliegt die Tür auf.

„Are you the girl from Germany?"

Ein freundlicher Mann, Mitte fünfzig, schätzt sie, strahlt sie an und streckt ihr die Hand entgegen.

Sylvia weicht irritiert zurück.

„Yes, yes", bringt sie stockend hervor, „from Germany, Bavaria."

Sie nimmt zögerlich seine Hand, überrascht von soviel spontaner Freundlichkeit.

„I am Marc, Marc van Gries." Er schüttelt herzhaft ihre Hand.

„Staudacher, Sylvia Staudacher."

„I know. Aaron called this morning and told me about you."

Sylvia schaut ihn fragend an.

„Aaron?"

„The guy in the hotel. He thought you were coming out to see us."

„Ah, yes", sagt Sylvia und denkt sich: *Klar, jeder kennt jeden.*

„Come on in, Sylvia, und wir können Deutsch spreschen, wenn du möschtest."

Oh, denkt Sylvia, *starker Akzent, aber das war perfekt.* „Ja gerne, das ist einfacher für mich. Sie sprechen Deutsch?"

„Yeah, ein bischen, komm setz' dich, meine Frau ist nicht hier, shopping, you know, in Lancaster, meine Jungs sind draußen, zum Mittagessen sind alle wieder zuruck."

Er führt sie in eine geräumige Küche, in deren Mitte ein riesiger Kochblock steht, daneben ein Esstisch, an dem ein Dutzend Leute leicht Platz finden würden, und platziert sie an einer Bar, die den Raum in zwei Hälften teilt.

„Care for a drink? Schnaps vielleischt?"

Sylvia lacht und kratzt sich am Kopf. Sie denkt an Frau Heumann. *Ein Déjà vu?*, fragt sie sich.

„Danke, nein, ich muss ja noch fahren, und es ist vormittag."

„Ah, so what?", lacht Marc und stellt ein kleines Glas vor ihr ab.

„Try this!"

Sylvia sieht ungläubig in das Glas. Der Inhalt sieht aus wie Whiskey und riecht undefinierbar.

„It's homebrew. Try it."

Sylvia glaubt das nicht.

„Sie meinen, der ist selbst angesetzt?"

„What?", fragt Marc, während er sein Glas hebt. „Prost!"

Sylvia führt das Glas skeptisch unter ihre Nase und riecht nochmal daran.

„Nicht schlecht", sagt sie dann, trinkt und schüttelt sich gleich darauf.

„It's good, but what is it?"

„No idea, really", sagt Marc. „Keine Ahnung, altes Familienrezept, Kräuter, Obst, Äpfel, hilft für die meisten Sachen, wir trinken das immer, wenn wir Besuch aus Europa haben, und auch sonst."

Er macht die Gläser nochmal voll.

„Haben Sie öfter Besuch aus Europa?“

„Nicht wirklich, leider.“ Marc hebt wieder sein Glas. „Prost, Sylvie?“

„Sylvia!“

„Call me Marc.“

„Ok, Marc.“ Sie nippt nur an dem Getränk, während Marc seines hinunter kippt.

„So you're from Bavaria? Bayern?“

„Ja, Chiemsee, have you heard of it?“

„Chiemsee?“, platzt er hervor. „Da kommen wir her! Come on, I'll show you something.“

Er packt sie bei der Hand und zieht sie hinaus aus der Küche. Sie gehen quer durch die Eingangshalle, an deren Ende er eine Flügeltür aufstößt, die in ein weitläufiges Wohnzimmer, oder eher einen Salon, führt.

Die Wand links von der Tür ist über und über mit kleineren und mittelgroßen Gemälden bedeckt. Er zeigt auf eines davon.

„Hier, kennst du das?“

Sylvia kommt langsam näher. Jetzt ist sie sicher, dass sie die richtige Familie gefunden hat. Das Bild ist in ihren Augen künstlerisch sehr ansprechend, und es zeigt detailgetreu einen Berg, den sie nur zu gut kennt: die Kampenwand, den charakteristischen Gipfel der Chiemgauer Alpen mit all seinen Zacken und den beiden Nebengipfeln.

„Die Kampenwand“, sagt sie, und Marc nickt stolz.

„Ja, das hat meine ... wie sagt man Greatgrandmother?“

„Urgroßmutter“, hilft Sylvia ihm.

„Genau! Die hat das gemalt, and that's where she came from, Chiemsee.“

Sylvia tritt näher und untersucht das Bild auf eine Signatur, kann aber keine finden. Unten rechts entdeckt sie ein kleines Zeichen, das zunächst aussieht wie ein Schmetterling, aber mit ein wenig Phantasie erkennt sie, dass es ein B ist, an dessen Rücken sich ein gespiegeltes R anlehnt. *RB*, denkt sie sich.

„Und ihr Name war Therese Bachler“, sagt Sylvia ohne einen Zweifel in der Stimme.

Marc schaut sie ungläubig an. Lächelnd stottert er: „Yes, Resi, Bachler Resi, how do you know?“

Sylvia schmunzelt wissend.

„Das ist eine lange Geschichte, Marc. Haben Sie etwas Zeit?“

Sylvia hat Mühe, das Duzen durchzuhalten, und Marc ignoriert es einfach.

Sie nehmen in der ausladenden Sitzgruppe im Erker des Wohnzimmers Platz, von wo aus man wie aus einem Wintergarten heraus auf das umgebende Gelände hinausschauen kann.

Auf dem Couchtisch liegt ein Stapel der New Yorker Staatszeitung.

„Sagt dir der Name Anna Wimmer etwas?", beginnt Sylvia. Marc schüttelt den Kopf.

„Not that I know of … Entschuldigung, I should practice my German again ... Nein, ich glaube nicht."

„Ok", beginnt Sylvia, „dann kann ich dir eine verrückte Geschichte erzählen."

Und Sylvia beginnt zu erzählen, während sie beständig an ihrem Glas nippt: Wer sie überhaupt ist und woher sie kommt, und dass ihr Mann Matthias eines Tages auf eine Leiche im Wasser gestoßen ist, eine Moorleiche sozusagen, die seit mehr als 130 Jahren im Uferschlamm des Langbürgner Sees gelegen hatte. Sie sagt, es sei die Leiche einer jungen Frau gewesen, Anna Wimmer, die auf grausame Art und Weise umgebracht worden sei.

„Und dann haben wir bald herausgefunden, dass diese Frau die Ururgroßmutter von meinem Mann gewesen ist."

Marc's Mund steht offen. Sie hat das Gefühl, dass er nicht alles verstanden hat, denn ab und zu hat sie ins Englische ausweichen müssen, aber als sie fertig ist, sagt er: „Now that's what I'd call a story!"

„Genau", fährt Sylvia fort, „das habe ich damals auch gesagt, und dann haben wir den Fall aufgerollt. Und dabei leider auch ein paar unschöne Dinge ans Licht gebracht."

Sylvia macht eine Pause.

„Like what?" Marc kann es kaum erwarten, dass sie weiter spricht.

„Naja, es sah ganz so aus, als ob ein Vorfahre von mir ihr Mörder gewesen war. Jedenfalls hatten sie ein Verhältnis und wahrscheinlich auch ein Kind miteinander, und vielleicht war sie mit dem zweiten Kind schwanger, als er sie umgebracht hat."

„Oh my God", unterbricht Marc sie und gießt sich noch einen Schnaps, oder was immer das ist, ein.

Sylvia hält ihm ihr Glas hin, das mittlerweile fast leer ist. „Can I have another one? This stuff's real good."

Marc lächelt und schenkt ihr ein.

„Naja und dann", sagt Sylvia als sie ausgetrunken hat, „dann haben wir alte Akten studiert und sogar das Tagebuch dieser Anna Wimmer gefunden, und da ist dann diese Resi Bachler – also Ihre Urgroßmutter, sagen Sie? – die ist darin vorgekommen und wir haben festgestellt, dass die beiden, also die Anna Wimmer und die Resi Bachler, das müssen Cousinen gewesen sein!"

„Oh“, sagt Marc. „Das habe ich nicht gewusst.“

„Verrückt, nicht wahr? Aber so war es wohl, und wir haben auch gelesen, dass diese Resi, also deine Urgroßmutter, damals nach Amerika ausgewandert ist, und dass die Anna eigentlich ihr hat nachreisen wollen, aber dazu ist sie dann ja nicht mehr gekommen, weil ihr Liebhaber, der hat sie ja vorher, du weißt schon, erschlagen, ...“

Das Familiengetränk hat ihre Stimme soweit gelöst, dass sie sich fast überschlägt.

Marc schaut sie fragend an. Sie sieht ihm an, das er jetzt nicht alles verstanden hat.

„Say it again“, sagt er.

„Ha?“ fragt Sylvia zurück.

„Erschlagen? You think, he killed her? But how?“

„Ok!“ Sylvia stößt auf und merkt, dass der Alkohol ihr langsam zu Kopf steigt. „Er hat dieses Beil genommen, das wahrscheinlich ihr selbst gehört hat, und hat sie anscheinend von hinten, in the back, reingerammt, verstehst du? Nicht sehr nett, nein, sicher nicht, und das war mein Ururirgendwas-Großvater. Ich war ziemlich schockiert, als ich das gehört habe.“

Marc hat sichtlich den Faden verloren.

Auch Sylvia sieht das jetzt, und sie schiebt es auf den Schnaps, den er getrunken hat.

„Ich denke, ich sollte auch nicht mehr so viel

trinken, vor allen nicht vor dem Mittagessen. Weißt du, das ist mir schonmal passiert und so hat der ganze Schlamassel dann angefangen."

„Schlamm-Assel?"

„Ach, vergiss es", sagt Sylvia. „Immer, wenn ich was trinke, fangen die Geschichten an, mit Matthias war das nicht anders, und dann die Heumann und jetzt du. Haben Sie noch einen?"

Marc hat jetzt zwar gar nichts verstanden, aber ihre Geste beim letzten Satz ist deutlich zu verstehen. Er schenkt ihr noch ein Glas ein.

„So, jetzt kann ich aber nicht mehr fahren", sagt sie, nachdem sie ausgetrunken hat. „Darf ich mal telefonieren?"

Marc ist sichtlich überrascht, wie schnell der Schnaps bei ihr wirkt.

„Ich war mal auf dem Oktoberfest", lacht er. „Da ist es mir auch so gegangen."

Sylvia hat sich zurück fallen lassen. Sie liegt in den Kissen und blickt gedankenverloren durch die Glasfront nach draußen.

„Schee hobbt's es do", lallt sie, bevor ihr Kopf mit einem kleinen Ruck zur Seite fällt. Sie reißt sich augenblicklich wieder zusammen.

„Was ist das nur für ein Schnaps?", fragt sie leise. „Haben Sie vielleicht auch einen Kaffee?"

Marc steht sofort auf.

„Just a minute“, sagt er lächelnd und verschwindet.

Als er zurückkommt, sitzt sie immer noch so da und lässt ihren Blick über das endlose Grundstück schweifen. Marc hält ihr einen dampfenden Becher unter die Nase. Der Duft von frischem Kaffee bringt ihre Lebensgeister wieder zurück.

„Guter Kaffee“, sagt sie anerkennend. „Stark und heiß, und ein richtiges Haferl.“

Der Kaffee, den man in ihrem Büro in Philadelphia in Pappbechern serviert, empfindet sie als Zumutung. Sylvia fühlt sich seit Wochen zum ersten Mal wieder fast wie zu Hause.

Marc sitzt ihr gegenüber und lächelt sie an. „We like German coffee.“

„Und 'Schnaps“, setzt sie lächelnd hinzu, wird aber gleich darauf wieder ernster.

„Ok“, sagt sie, „wo waren wir vorhin stehen geblieben? Ja, vorgestern war ich auf Ellis Island in New York. Ich bin nämlich momentan beruflich in Philadelphia, weißt du? Und da bin ich natürlich auch mal nach New York rauf gefahren, und da habe ich dann dieses Buch gesehen, in einer Vitrine, aufgeschlagen, mit den Listen der ankommenden Passagiere. Und da habe ich den Namen Therese Bachler gefunden.“

Sie kramt in ihrer Handtasche.

„Hier, ich habe mir die Daten aufgeschrieben."

„14. Oktober 1866", sagt Marc. „Ich weiß."

„Und Sailingship Bavaria", ergänzt Sylvia und hält ihm den Zettel hin.

„Ja, genau, so hieß das Schiff, das wissen wir auch. Resi war dafür, dass wir unsere Familiengeschichte kennen. Sie hat viel erzählt. Immer wieder hat sie ihre Geschichten erzählt, und sie hat uns gesagt, wir sollen ... carry on ... die Geschichte."

Marc sieht sich den Zettel genauer an.

„Wir haben uns die Daten schicken lassen, vor Jahren. Das mit dem Buch, das weiß ich nicht ... *Dutchman Theo van Gries*", liest er vor, „*farmer, accompanied by German Therese Bachler (26, female, farmers daughter), Destination Philadelphia, PA*, ... Ja, stimmt, das ist genau das, das haben sie uns auch geschickt, aus dem National-Archiv, da haben sie das alles, weil wir Amerikaner lieben Geschichte ... aber nur, wenn es unsere eigene Geschichte ist", setzt er grinsend hinzu und reicht ihr den Zettel zurück.

„Verstehe", sagt Sylvia, „geht mir auch so."

„Und du bist verwandt mit der Bachler Familie?", fragt Marc.

„Nein, nicht ich, mein Mann ..." Sie stockt kurz. „Also mein Mann, der ist ein direkter Nachfahre von dieser toten Frau, die er gefunden hat, und die wiederum war wohl eine Cousine von eurer Therese Bachler."

„Verstehe", sagt Marc. „Kompliziert, aber klar. So bist du indirekt doch verwandt."

Er hebt den Kaffeebecher. „Prost!"

Sylvia lacht.

„Sagt man eigentlich nicht, aber ist ja egal, Prost, naja verwandt, ok, nicht blutsverwandt, wissen Sie?"

Marc versteht das Wort nicht und Sylvia erzählt, wie sie den Namen van Gries im Telefonbuch von Philadelphia gesucht und gefunden hat. Nicht, weil sie neugierig sei, aber das sei ja doch ein Riesenzufall sowas, und sie sei ja momentan beruflich in Philadelphia, und als sie dort gehört habe, dass die Familie van Gries in der Gegend um Lancaster wohne, da habe sie sich gedacht, da wollte sie ja eh noch hin, wegen der *Amish People*, und so habe sie der Zufall schließlich nach New Holland gebracht.

„Heute ist das leicht", sagt Marc. „Für Resi war es damals sicher nicht so leicht, ein Abenteuer, nicht wahr?"

„Wissen Sie, wann sie gestorben ist?"

„Hm ..." Marc überlegt kurz. „In den Dreißigern, so Mitte oder Ende der Dreißiger Jahre."

„Was?" Sylvia fährt auf und rechnet nach. „In den Dreißiger Jahren? Sie ist 1866 in Amerika angekommen. Wie alt war sie denn da?"

„Oh, sie war jung, sehr jung, Anfang 20, und schwanger!"

„Was? Schwanger?" Für einen Moment zweifelt Sylvia daran, dass sie von ein und derselben Frau reden. „Sie war schwanger als sie hierher kam?"

„Muss so gewesen sein, denn 7 Monate später ist ihr erstes Kind auf die Welt gekommen. John ... Johann, wie sie ihn nannte, da waren sie noch in Philadelphia."

„Ach, das ist ja interessant. Und der Vater? Wer war das ... ?"

„Theo, ich hoffe!" Er lacht. „Der Vater war Theo, mein Urgroßvater. Sie haben sich in Rotterdam getroffen. Das hat sie immer erzählt. Und sie sind zusammen auf der Bavaria gesegelt, und da müssen sie auch das Kind gemacht haben, den Johann, Und dann noch sechs. Sie hatten sieben Kinder."

„Nicht schlecht!"

Marc steht auf.

„Warte, ich hol' unser Familienbuch."

Er geht quer durch den Raum und zieht aus der Schreibtischschublade ein großes schwarzes Buch hervor. Auf dem Tisch schlägt er es auf.

„Hier! Resi ist am 30. Januar 1845 geboren, in Hittenkirchen, das hast du gesagt, oder?"

„Habe ich nicht, nein, aber es stimmt."

Sylvia ist aufgestanden und neben ihn getreten.

„Darf ich mal mitschauen? Wir haben auch so einen Stammbaum."

„Sicher!"

Marc weist mit dem Finger auf die Lebensdaten der Therese Bachler. „1845 bis 1939. Sie ist gestorben am 7. August 1939."

Sylvia rechnet wieder nach. „94 ist sie geworden!"

„Und sie wäre auch noch älter geworden, wenn sie nicht unter den Ochsen geraten wäre."

„Was?" Sylvia musste sich ein Lachen verkneifen. „Unter den Ochsen?"

„Sie hat Tag und Nacht gearbeitet, sagt man, und mit 90 ist sie noch jeden Tag mit aufs Feld gegangen, bis dieser Unfall passiert ist, mit dem Ochsen. Von dem hat sie sich nicht mehr richtig erholt."

„Wahnsinn", sagt Sylvia und lässt ihren Finger über die Liste ihrer Kinder laufen.

„9 Kinder hat sie bekommen. Sagtest du nicht 7?"

„Ach ja, stimmt, es waren 9, aber nur 7 haben überlebt", sagt er lapidar. „Der erste zum Beispiel, siehst du? – das war dieser Johann, 1867. Und dann kamen noch 8 Kinder, und ... ach ja", er zeigt auf zwei Namen, die direkt neben einander stehen, „das hier waren ... twin ..."

„Zwillinge", wirft Sylvia ein.

„Ja, Zwillinge. Sind nach drei Tagen gestorben. Das letzte Kind hieß Benjamin – wie auch sonst? – und das war *mein* Großvater, geboren am 15. Juni 1890."

„Da war sie, also die Resi, immerhin schon 45."

Marc schmunzelt. „Ja, mein Großvater hat immer gesagt *Sie war kein Kind von Traurigkeit.* Sagt man das so?"

Sylvia nickt und lacht.

„Sie hat viel mit den *amische Leit* hier verkehrt, weil die ja auch so eine Art Deutsch gesprochen haben, aber wie die leben, das hat sie gesagt, ist nicht richtig. Resi war sehr ... lebendig? lustig?, sagt man. Wahrscheinlich ist sie deshalb auch weggelaufen von daheim."

„Sie ist weggelaufen? Wie meinen Sie das?"

Sie setzen sich wieder.

„Ja, das hat sie immer so erzählt, dass sie von zu Hause weggelaufen ist, fast ohne Geld, und sich irgendwie durchgeschlagen hat bis nach Rotterdam in Holland. Und da hat sie nicht einmal mehr das Geld für das Schiffsticket gehabt, und dann hat sie Theo kennengelernt, Theo van Gries, der war aus Friesland und wollte auch nach Amerika, weil sein Bruder schon da war, in Philadelphia."

„Hat sie das alles aufgeschrieben, oder wieso weißt du das so genau?"

„Das ist unsere Familiengeschichte, weißt du, die wird von Generation zu Generation weiter erzählt, und sie wächst, wie ein Quilt."

„Ah ja, das ist so eine Tradition hier in Amerika, oder?"

„Ah, nicht überall, aber hier bei uns, ja."

„Schön, dass es das noch gibt. Bei uns verschwinden die Traditionen immer mehr. Stattdessen haben wir jetzt Trends."

Sie muss selber schmunzeln, als Marc sie mit großen Augen anschaut.

„Vielleicht schreibe ich das alles irgendwann einmal auf", redet er weiter, „aber erstmal erzählen wir sie nur weiter, die Geschichten, weißt du? Die sind dazu da, dass man sie erzählt."

„Finde ich auch", sagt Sylvia und denkt daran, dass sie die eigene Familiengeschichte mindestens genauso gut kennt.

„Naja, mein Urgroßvater hatte eigentlich genug Geld, um auf einem Dampfer zu fahren. Die gab es damals schon, damit war die Überfahrt natürlich schneller, sicher auch weniger gefährlich, aber natürlich teurer."

„Und Resi hatte kein Geld mehr?"

„Genau! Das war auch nicht selten, besonders bei Frauen. Die Menschen sind manchmal ohne Ticket gefahren und haben versprechen müssen, ihre Schulden in Amerika abzuarbeiten. *White slaves*, hat man die genannt. Die standen dann in der Schuld des Kapitäns, und der hat sie oft genug weiterverkauft in Amerika."

„Oh, davon habe ich nie gehört."

„Ja, das ist vorgekommen; und Resi wäre sicher auch so geendet, hätte sie Theo nicht getroffen. Theo hatte genug Geld, dass er für beide das Ticket buchen konnte. Sie war ihm ihr Leben lang dankbar, denke ich. Erst hatten sie ausgemacht, sie kann ihre Schulden auf der Farm von Theos Bruder in Philadelphia abarbeiten. Und dann sind sie zusammen gesegelt, auf der Bavaria."

„Wie romantisch! Der Name hat ihr sicher Vertrauen eingeflößt."

„Oh bestimmt! Mehr als das. Sie muss sich wohlgefühlt haben, denn auf dem Schiff muss es ja dann wohl passiert sein, dass die beiden sich verliebt haben. Es war ja auch ziemlich eng dort. Und so ist Johann entstanden, das erste Kind."

Sylvia denkt kurz daran, wie ihre Ehe in der Enge ihres Autos begonnen hat, schüttelt den Gedanken aber gleich wieder ab.

„Und dann sind sie in New York angekommen, aber nicht auf Ellis Island. Castle Garden hieß das damals, und von dort sind sie alle zusammen weiter gereist, nach Philadelphia."

„Und dann haben sie geheiratet?"

„Später, ja, da waren sie aber noch nicht hier draußen in New Holland. Muss im Frühjahr 1867 gewesen sein. Sie hat immer gesagt, sie war *ganz schee gwampert*, als sie zum Altar gegangen sind."

„Gwampert?" Sylvia schaut ihn irritiert, aber schmunzelnd an.

„Gwampert", wiederholt er, „dick, oder? Sie hat das immer so gesagt, und das Wort haben wir übernommen und benutzen es noch heute."

„Klar, sie muss ja bayerisch gesprochen haben."

„Oh sicher, immer, ihr ganzes Leben lang. Ich habe mich immer gefragt, wie sie am Anfang mit Theo gesprochen hat, denn der hat nur Friesisch gesprochen, so eine Art *Dutch – English*, aber Liebe ist eine internationale Sprache, nicht wahr?"

Sylvia lacht und Marc fährt fort.

„Später hat sie auch Friesisch gesprochen. Aber Englisch? Eigentlich nicht. Hat sie auch nicht wirklich gebraucht. Hier ist damals viel Deutsch gesprochen worden. Auch heute noch. Und sie hat an alle Kinder ihre Muttersprache weitergegeben, Bayerisch eben, und dann hat sie immer gerne die New Yorker Staatszeitung gelesen, eine Zeitung aus New York, weißt du? – die schreiben Deutsch."

Er zieht eine der Zeitungen vom Stapel und hält sie ihr hin. „Und mit *amische Leit* – so nannte sie die Amish people – hat sie auch geredet, aber sie hat ihre eigene Muttersprache gerettet."

„Bewundernswert! Und das hat funktioniert – wie ich höre – sehr gut?"

„Ja, ich denke, ihre Kinder hätte man für richtige Hittenkirchner gehalten. Sie hat immer geschwärmt vom Chiemsee und Hittenkirchen und von diesem Berg da." Er zeigt auf das Bild. „Die Kampenwand. Davon hat sie geträumt."

„Sie hat ihre Heimat geliebt und diese Liebe hat sie an ihre Kinder weitergegeben."

„Genau. Deshalb hat das funktioniert."

„Erstaunlich!"

„Und sie hat auch noch aufgepasst, dass ihre Enkel bayerisch sprechen. Das hat nicht mehr so gut funktioniert, aber mein Vater, der spricht perfekt Deutsch. Ich bin der Urenkel, und ich habe noch nicht alles verlernt."

„Verlernt? Ich wünschte, ich würde Englisch sprechen wie Sie Deutsch."

„Ich muss sagen, ich habe auch im College Deutsch studiert, und ich war Lehrer, eine Zeit lang, hier an der New Holland High School. Aaron war in meiner Klasse."

„Ah, jetzt verstehe ich", nickt Sylvia, „aber die Resi ... die haben Sie, hast du nicht kennen gelernt?"

„Nein, ich bin 1950 geboren, sie ist ja 1939 gestorben."

„1939", denkt Sylvia laut nach. „Dann haben Sie ja sicher auch Bilder von ihr."

„Aber ja, sicher", sagt Marc, „jede Menge, komm mit, hier hängen schon welche."

Wieder stemmt er sich aus dem schweren Sessel hoch.

„Komm!"

Sylvia folgt ihm wieder an den Schreibtisch. Die rückwärtige Wand ist übersät mit allen möglichen Fotografien, die dicht beieinander hängen, teilweise schwarz-weiß, teils farbig, in verschiedensten Größen.

„Hier", sagt Marc und zeigt auf ein Bild oben links, „das ist sie, mit ihrem Jüngsten, das ist Ben, mein Großvater."

Sylvia kommt näher. Sie kann ihre Begeisterung nicht verbergen. Das Photo zeigt eine ältere Frau in einem wallenden schwarzen Kleid. Sie sitzt an einem Tisch und neben ihr steht ein junger

Mann in Uniform. Der Soldat macht ein ernstes Gesicht, während die Alte lächelt.

„Sie gleichen Ihrem Großvater."

„Da war er Mitte 20. Sie haben das Bild gemacht, bevor er weg ist, 1917. Er war im Ersten Weltkrieg. Man erzählt sich, dass Resi ihm gesagt habe, wenn er nach Deutschland kommt, soll er versuchen, nach Hittenkirchen zu kommen."

„Und?"

„Nein, er ist nur bis Frankreich gekommen. Als er zurück kam, war er nicht mehr derselbe, sehr ernst, hat man gesagt, und Resi hat auf die Preußen geschimpft, so nannte sie die Deutschen, obwohl er da ja gar nicht war."

Sylvia zeigt auf ein anderes Bild, das offenbar die ganze Familie zeigt.

„Und das? Wann war das?"

„Tja, schwer zu sagen, aber da sind auch schon die Enkel zu sehen. Müsste so in den 20er Jahren gewesen sein."

Sylvia zählt die Köpfe.

„Das ist Theo, nehme ich an." Marc nickt. „Und das sind die Söhne, eins, zwei, drei, vier, zwei Töchter, und jede Menge Enkelkinder."

Marc brummelt nur zur Bestätigung und sucht die Wand nach weiteren Bildern ab, findet aber keines, das er besonders kommentieren will.

Sylvia klebt an dem einen Bild, das die ganze Familie zeigt.

„Sagtest du nicht, dass sie 7 Kinder hatten?"

„Ja, genau, 7. Zwei sind gestorben."

„Hier sind aber nur sechs."

Marc wirft einen flüchtigen Blick auf das Familienbild.

„Ach ja", sagt er, „John fehlt. Der erste, der Johann, der ist damals bei seinem Onkel geblieben, als sie hier raus gezogen sind."

„Was?" Der Gedanke ist für Sylvia unfassbar. „Ihr erstes Kind hat sie in Philadelphia zurückgelassen?"

„Ja! Und? War doch Familie, der Onkel."

Sylvia überlegt. „Ihr erstes Kind? Den ältesten Sohn? Den gibt man doch nicht weg."

Marc zuckt mit den Schultern.

„Nicht? Naja, sie haben ihn ja nicht wirklich weggegeben. Er ist eben da geblieben, wo sie vorher alle zusammen gelebt hatten, bei seinem Onkel, der hieß ja auch Johann, wie der Bub."

Sylvia findet die Erklärung nicht sonderlich überzeugend, und für Marc scheint die Sache kaum Bedeutung zu haben.

„Ach, so genau weiß ich das auch nicht. Da müsste ich mal meinen Vater, Richard, fragen, der weiß das – aber warte mal, wir haben noch ein paar andere Sachen von ihr, Bilder, alle schon in Amerika gemalt. Aus Bayern hat sie ja nichts mitgenommen, aber später hat sie viele Bilder gemalt, so wie das von der Kampenwand da hinten, die hat sie immer wieder gemalt, aus dem Gedächtnis. Die haben wir in der Kiste mit den Briefen."

„Briefen?" Sylvia ist wie elektrisiert. „Was für Briefe?"

„Na, sie hat doch Post bekommen, von ihrer Familie, nehme ich an, genau weiß ich es jetzt nicht, aber die hat sie immer aufbewahrt."

„Und die haben Sie noch?"

„Klar! Wie gesagt, wir Amerikaner, wir hängen an sowas."

„Darf ich die Sachen mal sehen?"

„Sicher. Warum nicht?"

Marc verschwindet. Sylvia geht mit den Augen über die Fotowand. Die meisten Bilder sagen ihr nichts, aber in dem ein oder anderen Gesicht glaubt sie immer wieder, die Züge der Bachler Resi zu erkennen.

Marc kommt kurz darauf zurück und stellt eine große hölzerne Kiste auf den Schreibtisch.

„Ich habe da auch lange nicht mehr reingesehen", sagt er und breitet auf dem Tisch eine ganze Reihe von Bildern aus, die in der Kiste obenauf liegen. Es sind fast nur sehr realistische Bleistiftzeichnungen und Aquarelle. Die meisten zeigen Berge, Bauernhäuser und Seen. Sylvia erkennt sofort fast alle Motive auf den Landschaftsbildern:

Den Chiemsee bei Felden, die Fraueninsel mit ihrem Turm, die Hochplatte und die Kampenwand – immer wieder die Kampenwand – mit Gederer- und Scheibenwand. Das ist offenbar ihr liebstes Motiv gewesen.

Daneben aber hat sie auch etliche Bilder von amerikanischen Landschaften gemalt, von den Feldern und den Maschinen, die sie offenbar in der Landwirtschaft schon früh eingesetzt haben. Auch mit einem Segelschiff hat sie sich öfter befasst, „Die Bavaria", sagt Marc, und eine Baustelle hat sie mit Bleistift gezeichnet. Man erkennt eine große Kirche mit zwei Türmen und einem kranartigen Aufsatz.

Sylvia ist beeindruckt.

„Das hat sie alles aus dem Gedächtnis gemalt? Sie muss sehr begabt gewesen sein."

„Ihr Gedächtnis war wirklich fantastisch, das stimmt, das wissen wir."

„Und sie muss Heimweh gehabt haben."

„Kann sein. Davon ist nie etwas gesagt worden."

Marc zieht einen kleinen Ordner aus der Kiste.

„Aber sie ist sicher nie wieder zurück gefahren nach Deutschland."

Er schlägt den Ordner auf und streicht über Papier, das sorgfältig in Plastiktaschen eingelegt ist.

„Das ist die Post, die sie bekommen hat. Ich hab früher mal versucht, das zu lesen, aber die Handschriften sind komplett unleserlich, leider."

Sylvia ist begeistert. Sie beugt sich über den Ordner und berührt die eingeschlagenen Seiten vorsichtig.

„Das ist natürlich die altdeutsche Schrift!" ruft sie aus. „Sütterlin. Deswegen können Sie das nicht lesen."

Sie blättert die ersten Seiten um, der Brief ist unterschrieben mit *Deine Sophie.*

„Mein Gott, Sophie", ruft sie wieder aus. „Sehen Sie? – das heißt Sophie, den Namen haben wir in den Protokollen gefunden, das könnte die Cousine von der Anna gewesen sein."

Sylvia blättert weiter. Der Ordner enthält ein paar Dutzend Seiten handbeschriebener Blätter. Plötzlich stockt sie und starrt auf eine der Seiten. Marc will weiterblättern, doch Sylvia hält seine Hand zurück. Sie beugt sich tiefer über das Blatt und ist sich augenblicklich sicher, dass sie diese Handschrift schon einmal gesehen hat.

„Warte!", sagt sie leise. „Diese Handschrift – die kenne ich gut!

9

Am Samstag Morgen klingelt bei Matthias das Telefon.

„Mein Name ist Weber, Martina Weber“, sagt eine Frauenstimme, die ihm sofort bekannt vorkommt, ohne dass er weiß, wo er sie schon gehört hat.

„Sie waren zuletzt hier und haben nach unseren Nachbarn jefragt. Wissen Sie noch? Der verfallene Bachlerhof?“

„Ach ja, sicher“, sagt Matthias. Jetzt erkennt er die Stimme der Frau an ihrem Akzent.

„Ich will Sie nicht stören, und vielleicht interessiert es Sie ja auch nicht mehr, aber meinem Mann ist einjefallen, wie die Leute jeheißen haben: Steinberger.“

„Ja, ich weiß“, sagt Matthias. „Das hat mir schon jemand anderer erzählt.“

„Ach ja? Also, mein Mann hat nämlich vor ein paar Jahren mal mit der Frau Steinberger telefoniert, und jetzt ist ihm auch wieder einjefallen, wie die jeheißen hat, Steinberger nämlich. Das war eine sehr nette Person, hat er jesagt, aber die hätte gar kein Interesse mehr an dem Hof jehabt, hatte ja eh schon alles an die Jemeinde verkauft damals.“

„Ja, ich weiß“, unterbricht Matthias die Frau,

von der er annimmt, dass sie noch lange weiter reden würde. „Das Grundstück gehört mittlerweile der Gemeinde."

„Nein, nein, das hatten wir auch gedacht. Den Hof, also das Haus, haben sie nämlich behalten, nur die landwirtschaftlichen Flächen haben sie abjejeben, weil sie doch keine Landwirtschaft mehr betreiben wollten, aber datt Jebäude an sich, datt haben die behalten."

„Ach ja?" Matthias versucht, sich einen Reim darauf zu machen, kommt aber nicht weiter.

„Und warum?"

„Tja, jenau das wollten wir ja auch wissen, und darum hat mein Mann damals mit dieser Frau telefoniert. Die war damals Haushälterin beim Pfarrer in Altötting, wissen Sie? Das haben uns die Leute bei der Jemeinde noch sagen können, und mein Mann hat jesagt, so eine nette Person, aber jeholfen hat es uns nicht. Wir wollten nämlich das Grundstück kaufen und neu bauen, wissen Sie? Aber die hat einfach jesagt, sie verkaufe nichts mehr."

„Sie sagten, das ist ein paar Jahre her. Vielleicht ist das heute ja anders."

„Nee, datt ist zwar schon mehr als 10 Jahre her, aber so ein Bauer, der jibt doch nix her", sagt sie.

„Ja, das kenn ich schon", sagt Matthias. „Aber

sagen Sie mal, woher kennen Sie mich eigentlich? Ich hatte mich doch gar nicht vorgestellt."

„Na, Sie sind doch der, der die Leiche jefunden hat."

„Stimmt!"

Er ist immer noch überrascht, wenn die Leute ihn deswegen erkennen.

Der Samstag ist ein herrlicher Tag mitten im Oktober. Der Morgen ist noch nebelig gewesen, aber ab 11 Uhr hat die Sonne sich durchgesetzt und beschert dem Chiemgau strahlend schönes Herbstwetter.

Matthias muss sich ablenken.

Seine Gedanken springen zwischen zwei Frauen hin und her, die verschiedener nicht sein könnten: Sylvia und Frau Heumann.

Einerseits ist er sich nicht sicher, warum Sylvia in dieser Sache so aktiv ist und was sie genau von ihm erwartet. Andererseits ist er fest entschlossen, für die alte Heumann der Geschichte von diesem Johann Steinberger auf den Grund zu gehen.

Es fällt ihm schwer, sich auf eine der beiden Angelegenheiten zu konzentrieren. Klare Gedanken fasst er am ehesten bei körperlicher Anstrengung. Er setzt sich auf sein Fahrrad und fährt in Richtung Bernau.

Für Sylvia hat die Sache einen gewissen sportlichen Reiz, denkt er. Sie hat schon immer verrückte Geschichten geliebt, in denen etwas Außergewöhnliches passiert; und dass sie in Amerika in einem Museum auf einen Namen stößt, den sie aus einem ganz anderen Zusammenhang kennt, ist ihr sicher verrückt genug. Sie wittert hinter dem Namen eine Story, keine Frage. Und sie wird alles daran setzen, um dahinter zu kommen.

Keuchend strampelt er hinauf auf die Seiser Alm und von dort aus weiter auf das Gschwendt. Als er aus dem Wald kommt, steht die Kampenwand plötzlich majestätisch vor ihm.

Menschen, die in die Berge gehen, sind vor irgendetwas auf der Flucht, hat er mal gelesen. *Das ist es aber nicht*, denkt er sich. Es treibt ihn nichts, sondern es ist der Berg, der ihn wie magisch weiter hinauf zieht.

Evi Heumann hat klar gemacht, dass die Sache für sie abgeschlossen ist, aber der Gedanke, dass ihr Vater jemanden ermordet haben könnte, gefällt Matthias gar nicht. Es passt auch nicht zur Geschichte dieser Familie, die ihm nicht mehr aus dem Sinn gehen will. Angeblich sind die Steinbergers damals weggezogen. Offenbar sind sie nicht weit gekommen. *Altötting ist weniger als eine Autostunde entfernt*, denkt er sich, als er schließlich von der Steinlingalm aus auf den Chiemsee hinab blickt und die Erschöpfung von der schweißtreibenden Tour langsam von ihm abfällt.

Dort hinten in dem Dunst, da muss der Wallfahrtsort irgendwo liegen, murmelt er vor sich hin.

Hinter ihm türmen sich die schroffen Felsen der Kampenwand auf, als wollten sie ihm den Rücken stärken.

Auf dem Rückweg macht er einen kleinen Abstecher nach Hittenkirchen und hält kurz bei dem verfallenen Bachlerhof an.

Er geht nochmals um das Haus herum und sieht, dass die Tür im hinteren Anbau eigentlich nicht mehr als ein Verschlag ist. Sie wäre sicher leicht zu öffnen und müsste in den früheren Stall führen. Er schaut sich um und überlegt. Beim Nachbarn ist alles ruhig. Niemand zu sehen. Er zögert kurz, geht dann aber doch zurück zu seinem Fahrrad und fährt weiter nach Hause, ohne dass er noch jemanden trifft.

Er steht unter der Dusche, als das Telefon klingelt.

Kurz bevor der Anrufbeantworter das Gespräch übernimmt, schafft er es, den Hörer abzunehmen. Erst hört er nichts, dann erkennt er ihre Stimme. Es ist Sylvia.

„Matthias? Ich bin's. Wo warst du denn? Warum gehst du nicht eher ran?"

„Ich war unter der Dusche."

Sie hat ihren Ton noch nicht geändert. Obwohl sie seit Wochen getrennt sind, benimmt sie sich, als sei nichts geschehen.

„Ok, egal. Ich hab da was, das haut dich um."

„Schon wieder? Du bist ja richtig aktiv."

„Mach dich nicht lustig über mich. Das ist verrückt. Du errätst nicht, wo ich hier gerade bin."

„In Amerika nehme ich an."

„Rrrichtig!", macht sie sich lustig. „Genauer gesagt, bei den van Gries. Erinnerst du dich? – so hieß der Begleiter der Resi Bachler, als die in Amerika gelandet ist. Sie wollten doch nach Pennsylvania – und Bingo! – ich hab sie gefunden. Sie haben eine Ranch, sowas hast du noch nicht gesehen. Die Auffahrt sieht aus wie die Allee, die nach Sassau führt ..."

Sylvia ist kaum zu bremsen. Sassau ist eine Halbinsel, die unterhalb von Hochstätt weit in den Chiemsee hineinragt. Der Flecken hat sie schon immer fasziniert. Matthias kann erahnen, wie sich der verfallene Bachlerhof in Hittenkirchen neben der Ranch machen würde.

„Du meinst, sie hat's geschafft in Amerika, die Bachler Resi."

„Kann man so sagen, aber das ist es nicht, was ich dir sagen wollte. Sitzt du?“

Wenn Sylvia so etwas sagt, dann muss es wirklich etwas Wichtiges geben. Matthias zieht das Handtuch ein wenig fester um die Hüften und lässt sich in der Küche nieder.

„Also, das ist jetzt kein Scherz: Die haben hier alte Briefe, die an Resi geschrieben worden sind, aus Bayern, und die Briefe – zumindest einige davon – sind von Anna Wimmer!“

Sie macht eine längere Pause, um den kleinen Triumph auszukosten, und hört, wie Matthias schluckt.

„Das gibt es doch nicht!“, bringt er hervor.

Sylvia erzählt, dass ihr diese Zeilen sofort so vertraut vorgekommen sind; so, als habe sie das alles schon mal erlebt.

„Zunächst habe ich kurz geglaubt, ein Déjà vu zu haben, das zweite an diesem Tag, aber dann war ich mir sofort sicher, dass ich diese Schrift kenne, diese ruhige und klare Handschrift von der Anna, die so leicht zu lesen ist, nämlich aus ihrem Tagebuch. Es tut mir so leid, Matthias, dass ich das Buch ins Wasser geschmissen habe.“

Das ist das erste Mal, dass Sylvia sich dafür entschuldigt.

„Schon gut“, sagt er, „aber sind die Briefe denn

so spektakulär? Ich meine, was steht denn drin?"

„Ich hab sie noch nicht gelesen, nur mal kurz überflogen. Ich musste dich sofort anrufen. Es sind auch nicht nur Briefe von Anna. Die meisten sind eigentlich von dieser Sophie, erinnerst du dich? Die kam auch in diesem Protokoll vor. Schau doch mal nach."

Wieder braucht Matthias nicht nachzuschauen. Sylvia hat ja meistens Recht, diesmal aber nur fast, denn Sophie kommt nicht in dem Protokoll vor, sondern in Annas Tagebuch.

„Die Mutter von dieser Sophie muss sich wohl umgebracht haben, das habe ich schon gelesen, und ein Brief beginnt mit: *Anna ist weg!* Der ist von Weihnachten 1869, aber den Rest werde ich heute und morgen lesen. Ich habe Marc angeboten, alle Briefe abzuschreiben, in normalem Deutsch."

Matthias kommt nicht mit.

„Marc? Deutsch? Was meinst du jetzt?"

Sylvia erklärt ihm die Verhältnisse in der Familie van Gries und erzählt ihm einiges von dem, was sie in dem Gespräch mit Marc van Gries alles erfahren hat. Sie hat ihm gesagt, dass die Briefschreiberin die später ermordete Anna Wimmer sei, die Cousine seiner Urgroßmutter Resi Bachler.

Während des Gesprächs habe sie nur so nebenbei in den Schriftstücken geblättert, aber dabei einzelne Dinge sofort erkannt und einordnen können.

„Die van Gries haben die Sachen aufbewahrt", sagt sie, „weil die Amerikaner sammeln ja alles, was mit ihrer Geschichte zu tun hat, Gott sei Dank, aber weil die altdeutsche Schrift für sie komplett unleserlich ist, haben sie sich nie darum gekümmert, was tatsächlich drin steht in den Briefen."

„Das sieht den Amerikanern ähnlich", sagt Matthias. „Da haben sie eine Geschichte, können sie aber nicht lesen!"

Sylvia habe angeboten, die Briefe ins Englische zu übersetzen, aber Marc habe dankend abgelehnt. Deutsch sei schon in Ordnung, nur könne er ihr die Sachen natürlich nicht mitgeben. Das sei schließlich so etwas wie alter Familienschmuck. Er habe ihr aber angeboten, auf der Ranch zu bleiben. Platz sei genügend da und einen Schreibtisch habe sie auch schon gefunden.

„Und jetzt hast du dich da einquartiert?"

„Klar, die sind sehr gastfreundlich hier, und Schnaps brauen sie auch"

„Eigentlich wolltest du doch weiter nach Lancaster, um diese amischen Leute zu besuchen."

„Ach ja, stimmt, das hatte ich vor, aber die können warten. Die hat die Resi auch nicht gemocht."

10

Nach der *Tagesschau* ruft er Frau Heumann an und erzählt ihr, dass die Abkömmlinge der Bachlers in Amerika zu einigem Reichtum gekommen sind, im Gegensatz zu den Hiergebliebenen, und dass anscheinend eine Nachfahrin der Familie Steinberger in Altötting leben würde.

„Oid-Eding?", fragt die Heumann. Da sei sie auch schon lange nicht mehr gewesen, und es interessiere sie auch nicht mehr.

„Des sann oide Gschichten, loss ma's guat sei."

„Apropos *oide Gschichten*", sagt er und erzählt ihr von den Briefen, die Sylvia bei den van Gries gefunden hat. Er habe hin und her überlegt, denn wenn es dort Briefe gibt, dann müsse die Resi ja auch zurückgeschrieben haben, und vielleicht hätten die Bachlers ja auch noch Briefe.

Die alte Heumann lacht ihn dafür fast aus. Wer den Hof aufgibt, der gibt auch seine Geschichte auf, meint sie.

„Des siehgt doch a Blinda."

„Kann schon sein", meint Matthias, aber einen Versuch sei es ihm schon wert. Er wolle morgen in Altötting zur Kirche gehen. Das habe er immer schon mal machen wollen.

Frau Heumann wünscht ihm viel Spaß: „Jo,

des machst“, sagt sie spöttisch lachend und legt auf.

Ein halbe Stunde später ruft sie wieder an.

„Hoist mi ob?“, fragt sie.

Am Sonntagmorgen liegt zäher Nebel über dem Chiemsee.

Sie fahren vorbei am Langbürgner See nach Eggstätt und weiter über Seeon nach Trostberg. Erst als sich die Straße hinter Garching von der Alz entfernt und Altötting in Sicht kommt, lichtet sich der Nebel. Pünktlich zum Beginn der Pilgermesse sitzen sie schließlich in St. Magdalena und Evi Heumann legt ihre Hände in den Schoß.

Matthias hat nicht den Eindruck, dass sie der Messe folgt. Ständig reckt sie den Hals und blickt in alle Richungen, als ob sie jemanden suche.

Während der Kommunion steht sie auf und beobachtet aufmerksam die Menschen, die sich in die Schlange eingereiht haben, um vorn am Altar die Hostie abzuholen. An der einen Seite defiliert die Prozession langsam an ihnen vorbei, auf der anderen Seite hasten die Gläubigen mit gefalteten Händen wieder zurück in ihre Bänke. Als alle wieder an ihren Plätzen sind, lässt auch Frau Heumann sich langsam wieder nieder.

Matthias sieht sie an. Sie macht ein ernstes Gesicht und schaut teilnahmslos nach vorne. Als er sie leicht anstößt, sieht sie ihn an.

„Und? Haben Sie jemanden erkannt?“, flüstert er ihr zu.

Sie zuckt nur mit den Schultern und lehnt sich in der engen Kirchenbank zurück.

Nach dem *Gehet hin in Frieden* hat sie es eilig, zur Kirchentür zu kommen. Matthias folgt ihr schnell.

Auf dem Kapellplatz stellt sie sich auf. Sie hat das Kirchenportal fest im Blick und beobachtet die Menschenmenge, die sich jetzt hinaus auf den Platz ergießt.

Matthias steht unschlüssig neben ihr. „Sie haben doch was, oder?“

„I woaß ned“, sagt sie nur und beäugt weiter die Leute, die aus der Kirche kommen.

„Ich würde sagen, wir gehen jetzt erstmal in die *Post* und trinken einen Kaffee. Ich lad' Sie ein. Und anschließend gehen wir ins Pfarramt und fragen mal nach dieser Frau Steinberger.“

„Den Kaffee konnst da sparen“, sagt sie und weist mit dem Kinn in Richtung der Kirche. „Des do, des is a Bachler Gsicht.“

Matthias schaut verdutzt zur Kirche hinüber. Eine Gruppe von älteren Frauen steht dort zusammen und ist dabei, sich zu verabschieden. Sie schütteln sich gegenseitig die Hände und gehen dann teils hastig in alle Richtungen auseinander.

„Ok, ich weiß zwar nicht, wen Sie meinen, aber dann sprechen wir sie halt direkt an."

„Sicher bin i ma ned, aber jetz schauma amoi, wo's higeht."

„Sie meinen, wir sollen sie verfolgen?"

„Warum ned? De kennt uns ja ned."

Damit läuft sie zielstrebig die wenigen Schritte über den Platz und folgt offenbar einer der Frauen, die mit gemächlichen Schritten gerade um die Ecke der Kirche abgebogen ist.

„Kimm! Geh'n ma!", sagt sie über die Schulter. Matthias folgt ihr.

„Warum tun wir das?"

„Wenn's ins Pfarramt geht, na wiss ma, dass'es is", sagt sie.

Die Frau geht in nördlicher Richtung die Straße herunter und passiert die Klosterkirche. Gleich darauf kommt eine weitere Kirche in Sicht, hinter der sich der Blick auf einen weitläufigen Friedhof auftut.

Die Frau marchiert schnurstracks darauf zu und tritt durch das eiserne Gatter.

Matthias will es schon aufgeben.

„Ok, kommen Sie, wir gehen doch noch in die *Post.*"

„Jetzt wart hoit“, sagt die Heumann und folgt der Frau unauffällig durch die Gräberreihen.

Zielstrebig steuert sie auf eines der Gräber zu, bekreuzigt sich davor und zupft die welken Blätter von den Pflanzen.

Die beiden halten sich zunächst noch in einigem Abstand, doch dann zieht sie ihn vorsichtig näher heran.

„Konnst du des lesen, wos auf dem Grobstoa steht?“, fragt sie ihn.

Matthias strengt sich an, verneint aber dann. Sie sind zu weit weg, als dass er etwas lesen könnte. Zwei Namen stehen auf dem Grabstein, soviel erkennt er, aber die Namen kann er nicht entziffern.

Sie bleiben noch eine Weile an einem der anderen Gräber stehen und sehen zu der Frau hinüber. Als sie sich erneut bekreuzigt und in der gleichen Richtung davon geht, aus der sie gekommen ist, zieht Frau Heumann ihn am Ärmel.

„Schnäi!“, sagt sie und geht rüber zu dem Grab, an dem die Frau gerade noch stand.

Schon beim Näherkommen, sieht Matthias, dass Evi Heumann Recht hat.

Triumphierend weist sie auf den Grabstein, in den die Namen zweier Frauen eingemeißelt sind:

Helena M. Steinberger, 1897 bis 1964

Renate H. Steinberger, 1893 bis 1971

„Siehgst?“, sagt sie. „Des is’.“

„Wie haben Sie die nur erkannt?“, fragt Matthias.

„Weil’s a Bachler Gsicht hod. Hob i des no ned gsogt?“

„Aber Sie haben den Bachler gesehen als Sie 10 waren!“

„Und? Des Gsicht vo dem Stoabeaga“, sagt Frau Heumann fast ein wenig bitter, „des vergiss i ned.“

„Gut, dann kommen Sie. Wir sprechen sie einfach an.“

Doch Evi hat es plötzlich nicht mehr eilig.

„Na, mach du des, i mog mit der ned redn.“

„Ach Schmarrn, kommen Sie, das sind doch alte Geschichten“, sagt Matthias und sieht der Frau hinterher, die gerade das Friedhofstor durchschritten hat.

Doch Frau Heuman winkt ab: „Na, i mog des ned, geh du, i geh derwei in d’*Post* und trink an Kaffee.“

„Ok“, sagt Matthias, und ist schon unterwegs. „Ich hol’ Sie dann dort ab.“

Er eilt davon, hört sie aber noch sagen: „Is scho recht.“

Im Laufschritt läuft er der Frau hinterher. Sie geht zurück in Richtung der großen Stiftskirche.

Matthias beschleunigt seine Schritte nochmal und hat sie bald eingeholt. Er ist sich sicher, dass sie genau auf das Haus zu steuert, an dessen Gartentor unübersehbar die Aufschrift *Pfarramt* prangt.

Als er sich direkt hinter ihr befindet, dreht sie sich irritiert nach ihm um. Matthias lächelt sie vorsichtig an.

„Frau Bach ..., äh, Steinberger?", fragt er höflich.

Die Frau zuckt zurück und zieht sich ihre Handtasche vor die Brust.

„Äh ... ja ... äh ... ?"

„Vom Bachlerhof in Hittenkirchen?"

Sie lächelt plötzlich schwach, aber sichtlich erleichtert.

Wenige Minuten später sitzen sie gemeinsam im Pfarrhof.

Sie stellt ihm den *Herrn Pfarrer* vor, als der aus der Messe nach Hause kommt und den Kopf zur Tür herein streckt. Ein Mann in ihrem Alter, klein, dürr, fast knochig, der Matthias argwöhnisch mustert.

„Besuch aus meiner alten Heimat", sagt Frau Steinberger wie zur Beruhigung, als sie die beiden miteinander bekannt macht, „vom Chiemsee."

„Ach so. Ist schon recht, Frau Steinberger", sagt er nur und lässt sie wieder allein.

Erika Steinberger ist eine Frau Mitte 60, klein

und leicht untersetzt. Sie scheint nicht sehr gesund zu sein. Ihre Haut ist blass und ihre Bewegungen sind vorsichtig langsam.

Nachdem Matthias sich noch auf der Straße für den *Überfall* entschuldigt und sich vorgestellt hat, ist Frau Steinberger schnell aufgetaut und hat ihm angeboten, sich drinnen zu unterhalten.

Er erzählt zum x-ten Male, dass er vor Monaten die *Moorleiche* im Langbürgner See gefunden hat, diese Anna Wimmer, von der sich dann herausgestellt hat, dass es seine eigene Ururgroßmutter gewesen ist.

„Ja“, sagt Frau Steinberger, „jetzt, wo Sie es sagen …“, davon habe sie gehört. „Das waren Sie?“ Sie habe damals natürlich sein Foto in der Zeitung gesehen, nur hätte sie ihn jetzt nicht wiedererkannt, aber den Fall an sich habe sie natürlich verfolgt, weil sie komme ja aus der Gegend, auch wenn sie sich kaum daran erinnern könne.

Matthias erzählt, dass man während der Nachforschungen in dem Fall auch auf den Bachlerhof in Hittenkirchen gestoßen sei. Anscheinend habe die ermordete Anna Wimmer dort auch Verwandtschaft gehabt, zumindest entfernt, und dass von dort eine Verwandte von ihr ausgewandert sei, eine gewisse Therese Bachler, so etwa Mitte der 60er Jahre, also 1860 nochwas.

„Das stand aber nicht in der Zeitung“, sagt Frau Steinberger, „das wäre mir sicher aufgefallen.“

Matthias erzählt ihr in aller Offenheit, woher er das weiß, und dass seine Frau zufällig die Nachfahren dieser Therese Bachler in Amerika gefunden habe.

„Und da gibt es sogar Briefe, die offenbar jemand aus Ihrer Verwandtschaft, Frau Steinberger, geschrieben hat, vor über 100 Jahren.“

„So, so“. Frau Steinberger lächelt teilnahmslos vor sich hin.

Interessiert sie nicht, denkt Matthias.

„In was Sie alles hineingeraten! Also ich wüsste nicht, dass wir Verwandte in Amerika hätten.“

„Doch, doch. Haben Sie. Ziemlich sicher“, sagt Matthias. „Und eigentlich hatte ich ja gehofft, dass Sie vielleicht auch noch Briefe aus Amerika haben. Das wäre doch sicher interessant, deshalb habe ich Sie eigentlich auch aufgesucht.“

Und dann erzählt er noch, wie er den Hof in Hittenkirchen gefunden habe und durch die dortige Nachbarin den Tipp bekam, beim Pfarramt in Altötting nachzufragen.

„Ach, so war das! Und dann haben Sie mich hier auf der Straße gesehen und gedacht, die könnte es sein.“

Schlagartig wird Matthias bewusst, dass er nur

die halbe Wahrheit sagen darf. Von der alten Heumann und ihrer Verbindung zum Bachler will er nichts sagen.

„Äh ... ja“, lügt er, „Sie sind so zielstrebig zum Pfarrhof gegangen, da hab’ ich mir gedacht, das könnte sie sein.“

Frau Steinberger schenkt ihm eine Tasse Kaffee ein.

„Ach, wissen Sie ...?“ Sie holt tief Luft und atmet laut aus. „Nein“, sie schüttelt den Kopf, „da habe ich nichts mehr aus dem Bachlerhof, das ist vorbei.“ – und sie wisse auch wenig über ihre Familiengeschichte, da habe ihre Mutter ihr fast nichts erzählt.

„Ihre Mutter? Ist das eine der Frauen, die hier auf dem Friedhof liegen?“

In dem Moment, in dem er es sagt, merkt er, dass er sich verraten hat und überlegt sofort, wie er aus der Situation wieder herauskommen könnte. Doch dann ist es gar nicht nötig. Frau Steinberger hat es nicht bemerkt.

„Ja, genau“, sagt sie, „die Lena, das war meine Mutter, die andere war ihre Schwester.“

„Ihre Tante also.“

„Ja, die war leider nicht so richtig im Kopf, die Renate, ist aber alt geworden.“

„Ihre Mutter nicht?“

„Mütter sterben immer zu früh, nicht wahr?"

Matthias nickt vor sich hin.

„Und Ihr Vater? Lebt der noch?"

Die Steinberger zieht die Schultern hoch. „Nehmen Sie noch einen Kaffee?"

Offenbar ist das nicht das Thema, das sie weiter besprechen will.

„Danke, ich hab ja noch", sagt Matthias.

„Auf dem Bachlerhof sind Sie lange nicht mehr gewesen, oder?"

Frau Steinberger schüttelt den Kopf.

„Na", sagt sie schließlich, „seit dem Krieg nicht mehr. Mein Gott, wie sich das anhört? Da sieht man, dass man alt wird, aber es ist wahr. Wir sind direkt nach dem Krieg weg von da."

„Und warum?"

Sie sieht ihn eindringlich an, als versuche sie, eine Antwort in seinem Gesicht zu lesen.

„Wir haben den Hof doch verkaufen müssen, hergegeben haben wir ihn, nachdem der Onkel tot war."

„Der Onkel?" Matthias spielt den Unwissenden gut.

„Der Onkel Hans, der ist gestorben, kurz bevor der Krieg aus war. Und was hätten wir dann noch machen sollen auf dem Hof?"

„Sie waren allein auf dem Hof?"

„Meine Mutter und ihre Schwester, die Renate, die nicht richtig war im Kopf, und ich war 10 damals, zwei alte Frauen und ein Maderl, wir waren doch damals allein. Was hätten wir da machen sollen?"

„Ihre Mutter war schon ... älter damals?"

„Die war 38, als ich gekommen bin, dann rechnen Sie selber mal. Einen Jungbauern hätte die nicht mehr erwischt, und junge Männer hatt's doch damals eh keine gegeben ... keine gesunden jedenfalls."

„Naja, stimmt, aber so einen Hof, den gibt man doch nicht einfach auf. Hätt's denn keine Hilfe von irgendwoher gegeben?"

„Hilfe? Na, junger Mann, uns hat damals keiner geholfen. Mein Onkel, der war leider nicht sehr beliebt."

„Und Verwandtschaft ...?", fragt Matthias vorsichtig.

Sie lacht kurz nervös auf.

„Ja, ja, hören'S auf mit der Verwandtschaft, na, na, wir drei sind dann weg, nach München. Ich war bei den englischen Fräuleins. Da hat meine Mutter wen gekannt, und da konnten wir bleiben, bis ich dann hier in Altötting die Stelle als Haushälterin bekommen habe."

„Und dann sind Sie alle drei hierher?"

„Die Renate haben sie dann auf Gabersee gebracht. Die war ja schon immer krank im Kopf. Gearbeitet hat's trotzdem wie ein Vieh, vorher, auf'm Hof. In Gabersee haben sie sie zumindest in Ruhe gelassen. Nein, die hat kein schönes Leben nicht gehabt, aber sie hat noch lange gelebt, ist fast 80 geworden. Meine Mutter ist vorher gestorben, obwohl's vier Jahr jünger war."

„Verstehe", sagt Matthias, „und – entschuldigen Sie bitte, wenn ich nochmal frage – aber ihr Vater ... ist der gefallen?"

Wieder zieht sie ihre Schultern hoch.

„Ich weiß es nicht, ich habe ihn nicht gekannt, und meine Mutter hat nie was gesagt, jedenfalls verheiratet war's nicht, aber der Onkel hat sie trotzdem mit mir auf'm Hof wohnen lassen. War ja seine Schwester und selber hat er ja keine Frau gehabt."

„Warum eigentlich nicht? War ja doch eher ungewöhnlich, dass der so mit seinen Schwestern zusammenlebt, oder?"

„Ja mei, was ist schon ungewöhnlich? Er war kein schlechter Mensch nicht. Einen Unfall hat er gehabt, als junger Mann, und da ist ihm das eine Bein ein bisserl steif geblieben, gehinkt hat er, und wer mag das schon? – aber stark ist er gewesen, wie ein Ochse, dem hat keiner was tun können."

Matthias beschließt, in die Offensive gehen, um sie aus der Reserve zu locken.

„Ihr Onkel, der ist erschossen worden, nicht wahr?", sagt er sehr direkt.

Frau Steinberger sackt kurz, aber merklich, in sich zusammen.

„Das wissen Sie? Was fragen Sie denn dann?"

„Das ist bekannt in Prien. Aber wer ihn erschossen hat, das weiß keiner."

„Ja", sagt sie kleinlaut, „das ist wohl wahr, den haben's erschossen damals, das war am 6. Mai 1945, ein Sonntag, auch das noch."

Sie schüttelt den Kopf und fährt dann fort: „Der Ami war's, haben die einen gesagt, verhaftet haben sie ihn nämlich, weil da hat es eine Schießerei gegeben, als der Ami einmarschiert ist, und da ist auch wer erschossen worden, und dafür haben sie dann wohl den Onkel Hans gefangen und mitgenommen, aber warum hätten die den denn erschießen sollen?"

„Vielleicht hat er versucht zu fliehen?", sagt Matthias vorsichtig.

„Na, davon gelaufen ist der nie, vor nichts und niemandem, außerdem hamm's ihn von vorn erschossen, hat meine Mutter immer gesagt."

Matthias stellt sich vor, dass Lena Steinberger sicher die Leiche ihres Bruders gesehen hat.

„Hat er sich denn sonst was zu Schulden kommen lassen?"

„Na, davon hat meine Mutter nie geredet. Ich weiß nicht. Und die anderen haben gesagt, dass es ein Deutscher gewesen sein muss, weil die Ami, warum hätten die so einen armen Bauern erschießen sollen?"

„Man sagt, dass er dafür gesorgt hat, dass einige junge Männer noch einberufen worden sind, als längst klar war, dass das alles keinen Sinn mehr hatte."

„Ja, ja, das hamm's dann gesagt, aber das weiß ich nicht, und wenn schon, es hat doch ein jeder in den Krieg gemusst. Deswegen erschießt man doch den nicht, oder?"

Matthias sagt nichts, und es entsteht ein längeres Schweigen, bis sie schließlich seufzt.

„Aber das stimmt, geholfen hat uns keiner", sagt sie in die Stille hinein, und ohne Matthias anzusehen.

Evi Heumann sitzt einsam in der *Post* und nippt an einem Likör.

Sie sieht kaum auf, als Matthias sich neben sie setzt.

„Der meinige is besser", sagt sie lapidar.

Matthias lacht kurz.

„Viel weiß die nicht, die Frau Steinberger."

„Des hob i mir scho denkt."

„Aber sagen Sie: wie haben Sie die Frau nur erkannt?"

„Hob i doch gsogt: Des is a Bachler Gsicht."

„Aber Sie waren 10, als Sie den Bachler zuletzt gesehen haben ...!"

„Guat, a bisserl hob i gschwindelt. Sie is in meim Oiter. I hob's a diam scho gseng, domois, de Erika."

„Natürlich!" Matthias schlägt sich leicht gegen die Stirn. „Darauf hätte ich Idiot auch kommen können. Deswegen haben Sie sie erkannt in der Kirche."

„Ned nur deswegn. Kinder werd'n eahnane Äitern im Oiter oiwei ähnlicher."

Matthias schaut sie lange schweigend an.

„Aber sie ist doch nicht das Kind von diesem Bachler, den Sie gesehen haben."

„So? Vo wem dann?"

„Das hat sie mir nicht gesagt, oder sie weiß es nicht."

„Siehgst?"

„Sie meinen ... ?"

Er spricht es nicht aus.

11

Sylvia ist pünktlich.

Sie haben sich in Salzburg verabredet, zwei Tage später, in einem Kaffeehaus.

Sylvia hat in Wien zu tun, und den Dienstag Nachmittag kann sie sich frei nehmen. Sie mietet sich einen Wagen und fährt in die Festungsstadt an der Grenze zu Bayern. Matthias erwartet sie im *Tomaselli.*

Als er sie sieht, steht er auf. Sie kommt zu ihm herüber, wie immer mit schnellen Schritten. Er streckt ihr die Hand entgegen, als wolle er sie abholen. Sie lächelt flüchtig und zieht ihn zu sich. Fast ohne ihn anzusehen, drückt sie ihm einen Kuß auf die Wange, wobei er gegen sie fast ein wenig unbeholfen wirkt.

„Setz dich", sagt sie, als sie seine Verlegenheit bemerkt. „Wir sind doch schließlich verheiratet."

Matthias sagt nichts. Er starrt sie nur an und sucht nach Worten. Den ganzen Morgen über hat er sich überlegt, was er ihr sagen könne. Alle möglichen Dinge sind ihm eingefallen, aber wie sie jetzt vor ihm sitzt, kann er sich an nichts mehr erinnern.

Sylvia ist selbstsicher wie immer. Wenn man sie beobachten würde, hätte man nicht das Gefühl, dass irgendetwas mit ihr nicht stimmt. Und das ist auch nicht so.

„Gut siehst du aus", rutscht es ihm heraus, und dabei ist das genau das, was er eigentlich nicht hat sagen wollen, denn diesen Spruch mag Sylvia überhaupt nicht; und das weiß er natürlich nur zu genau.

„Lass nur", winkt sie ab, und veranlasst mit der gleichen Bewegung den Kellner, an ihren Tisch zu kommen. Sie bestellt einen Kaffee.

„Sind es schon sechs Wochen?", fragt er.

„Sieben", sagt sie, „und es ist gut so."

„Und wie lange noch?"

„Ich weiß es nicht, Matthias. Wir lassen es erstmal so, wie es ist, es tut mir gut, und ich hab den Kopf voll mit anderen Dingen momentan. Kannst du damit leben? – für's Erste?"

Matthias nickt und sagt nichts. Sie meint, eine leichte Resignation zu spüren.

„Die Leute reden."

„Und? Lass sie reden, so bleibt man im Gespräch."

„Sie reden nichts Gutes ..."

„Nichts Gutes? Was soll daran schlecht sein, dass ich dieses Projekt mache und deshalb eine Zeit lang weg bin? Ich hab's meinen Eltern auch erklärt."

Sylvia zeigt Anzeichen von Ungeduld, wie sie es

immer tut, wenn man nicht sofort ihrer Meinung ist.

„Schon gut. Ich komme klar. Ich kann mich auch ohne dich beschäftigen."

„Ich weiß", sagt Sylvia und ist sichtlich froh, das Thema wechseln zu können. „Ich auch!"

Matthias merkt, dass sie über ihre Ehe momentan nicht reden will.

„Ich hab dir was mitgebracht", sagt sie übergangslos und zieht mit der einen Hand eine Mappe aus ihrer Handtasche hervor, während sie mit der anderen die Kaffeetassen zur Seite schiebt.

„Hier, das sind die Kopien der Briefe von Sophie und Anna. Verrückt, nicht wahr?"

Matthias' Miene hellt sich auf.

„Ach ja, stimmt, hast du sie schon gelesen?"

„Klar, und ich habe sie sogar abgeschrieben, damit die van Gries sie auch lesen können. Hat mich das halbe Wochenende gekostet."

Sie erzählt ihm, dass sie an jenem Samstag auf der Ranch geblieben ist und den ganzen Sonntag über die Briefe studiert und zusammen mit Marc dann doch auch ins Englische übersetzt hat.

„Und? Steht was Interessantes drin?"

„Naja, das Meiste ist natürlich Schmarrn, aber ein paar Sachen sind schon interessant. Ich wollte dich auch fast schon anrufen. Die meisten Briefe sind von dieser Sophie, die ist doch immer wieder vorgekommen in dem Tagebuch ....“

„Ja, stimmt, aber das haben wir ja nicht mehr“, wirft Matthias wieder ein. Sylvia ignoriert den Vorwurf und spricht ungehemmt weiter.

„Naja, das war wohl eine Schwester oder sowas von der Resi, oder auch eine Halbschwester, genau kann man es nicht sagen. Und die hat immer nach Amerika geschrieben, 14 Briefe habe ich von der allein, alle zwischen 1870 und 1877 geschrieben, meist zu Ostern und Weihnachten oder zu ihrem Namenstag, am 15. Oktober.“

Matthias horcht auf. „15. Oktober? Das ist heute!“

„Tatsächlich!“, lacht Sylvia. „Wir geraten anscheinend dauernd in alle möglichen Zufälle hinein. Langsam glaube ich an unser Schicksal.“

Sie sagt das so beiläufig, dass Matthias mit einem Blick nachhakt, aber sie wiegelt gleich wieder ab.

„Ok“, beeilt sie sich zu sagen, „egal. Und dann gibt es noch zwei Briefe, die sie zusammen mit der Anna geschrieben hat. Ich hab die Handschrift von der Anna gleich erkannt. Hier, siehst du?“

Sie dreht ihm die Mappe hin, und Matthias streicht mit der Hand vorsichtig über die Seite. Auch er hätte die Handschrift sofort erkannt.

„Sicher!“, ruft er aus. „Ja! Das ist natürlich ihre

Schrift." Und er beginnt zu lesen, doch Sylvia zieht die Mappe gleich wieder an sich.

„Das ist wirklich nicht so interessant, was die Anna da schreibt, aber schau mal her ..." Sie blättert ein paar Seiten weiter.

„Hier, schau, das hat die Sophie geschrieben, 1870. Ihre Mutter, die hieß Veronika, hat anscheinend Selbstmord begangen, da war sie erst 45. Aber Sophie deutet an, dass der eigene Mann sie in den Tod getrieben hat."

„O mein Gott", sagt Matthias. „Lass sehen."

Er liest die Anfangszeile des Briefes, die Sylvia mit dem Finger markiert:

Mutter ist tot!

„Und dann kommt das Übliche", sagt sie, während ihre Finger über das Blatt fliegen und erst bei den letzten Zeilen stoppen.

„Und dann ... weiter unten ... hier ... hier steht:

Beim Schöllkopf ist sie ins Wasser gegangen, die Schaber Rosina hats noch gsehen und nach ihr gerufen, aber sie hat sich nicht mehr nach ihr umgedreht. In Übersee hat es sie an Land gespült, am Tag darauf, da ist der Westwind gegangen.

„Dramatisch", sagt Matthias.

„Ja, starker Tobak, oder? Und dann später ...", Sylvia blättert um, „schreibt sie, dass Ludwig wieder heiraten würde, schon vor Weihnachten, dass Mutter noch kein Jahr tot sei, und das habe doch mit ihr, Resi, zu tun. Siehst du? Hier steht das, und da kann ich mir nicht so recht einen Reim darauf machen. Lies mal!"

Matthias beugt sich wieder über die Mappe und liest.

Und dann hat er mir am Abend gesagt, dass er noch vor Weihnachten heiraten werde. Er hat doch erst kürzlich seinen 40sten Geburtstag gehabt und was will der da nochmal heiraten? Gerade die Person, die schon in der Sache mit dir mitgespielt hat. Er hat wohl alles von langer Hand geplant, daß er dich davonjagt und nachher die Mutter um den Verstand bringt, daß sie ganz verzweifelt war in den Jahren, seitdem du weg bist.

„Und hier!", bricht es aus ihr hervor. Matthias freut es innerlich, dass Sylvia sich so sehr in diese Sache hinein steigert und ihren Fund genauso begeistert präsentiert, wie er ihr damals die Tagebücher des Rimstinger Pfarrers gezeigt hat.

„Hier steht noch was", sagt sie, „das konnte ich

zuerst gar nicht lesen. Erst im Flieger hab ich mir das genauer angesehen, da brauchst du schon eine Lupe, schau mal!"

Matthias sieht genauer hin. An den Rand des Blattes hat sie noch zwei Zeilen hingekritzelt, die auch Matthias kaum entziffern kann.

„*PS*", liest er vor, „*Mach dir keine Sorgen wegen der Briefe. Ich habe sie gut …*" er schüttelt den Kopf. „Die Schrift wird immer kleiner, weil ihr der Platz ausgegangen ist, aber mit der Lupe könnte ich es lesen."

„Hab ich gemacht! Sie schreibt, sie hat die Briefe gut versteckt, in einem Kasterl, und dann kann ich aber auch nur noch die Worte *Ziegel* und *Balken* entziffern."

„Das wird ja immer verrückter!", sagt Matthias. „Warst du schon auf dem Bachlerhof?"

„Ja, sicher", sagt Matthias und erzählt ihr, wie und in welchem Zustand er den Hof zusammen mit Frau Heumann außerhalb von Hittenkirchen gefunden hat.

„Scheiß einsam, da oben!", sagt Sylvia.

„Richtig. Und da gibt es nichts mehr zu finden."

„Wer weiß? Was, wenn die Briefe noch da sind?"

Matthias schaut sie ungläubig an.

„Dach und Balken", sagt sie, „da kann doch nur der Dachboden gemeint sein."

„Du meinst, wir sollten den Dachstuhl im Bachlerhof absuchen?“

„Warum nicht? Du hast doch gesagt, da war seit dem Krieg keiner mehr da?“

„Apropos Krieg! Dieser Bachler war scheinbar eine ziemlich üble Figur und hat sich in den dreißiger Jahren wohl eine Menge Feinde gemacht in Prien und Umgebung. Er ist von den Amerikanern verhaftet worden, als die einmarschiert sind, und ein paar Tage später ist er erschossen worden!“

„Was? Von den Amis?“

„Das weiß man nicht so genau. Kann sein, vielleicht aber auch von jemand anderem. Die Heumann vermutet, dass ihr eigener Vater es gewesen sein könnte.“

„Du machst Witze.“

„Nein, sicher nicht“, sagt Matthias und erzählt ihr die Geschichte der Familie Heumann und deren Beziehung zu Johann Steinberger, dem Bachler von Hittenkirchen.

„Die Heumann war das jüngste von 4 Kindern. Drei Brüder hat sie gehabt und zwei davon, Zwillinge, sind durch Krieg und Gefangenschaft ums Leben gekommen.

Sylvia hört gespannt und voller Ungeduld zu. „Und der andere Bruder?“

„Der ist der älteste, Kajetan, lebt heute noch mit

ihr auf dem Hof. Ende der 30er Jahre ist er weg von hier und hat in Ruhpolding auf einem Hof eingeheiratet ..."

„Aber ist dann wieder zurück gekommen?" unterbricht Sylvia ihn.

„Genau. Weil sein Vater nach dem Krieg früh gestorben ist. Damals war die Heumann mit ihrer Mutter allein auf dem Grubner Hof."

„Verstehe. Und was war jetzt mit den Zwillingen?"

„Der erste ist 1944 eingezogen worden und direkt gefallen, in Frankreich. Ist nur 16 Jahre alt geworden. Den anderen hatte man zunächst vielleicht vergessen, aber der Bachler hat von ihm gewußt und ihn angezeigt, bei irgendeinem SS-General."

Sylvia ist selten sprachlos. Jetzt nickt sie ihm stumm zu.

„Den haben sie dann auch eingezogen. Er ist in russische Gefangenschaft geraten und 1947 in Sibirien gestorben."

„Mit 19 Jahren ..." Sylvia zieht ihre Augenbrauen zusammen. „Aber der Bachler ist 1945 erschossen worden, sagst du."

„Ja, und die Heumann ist sich nicht sicher, ob ihr Vater es vielleicht war. Der hieß auch Kajetan. Und nachdem er 1948 gestorben war, haben die beiden Geschwister in seinem Nachtkasterl eine Pistole gefunden."

Matthias zeigt auf seine Aufzeichnungen über die Familiengeschichte der Familie Heumann, die er vor ihr auf dem Tisch ausgebreitet hat, und berichtet davon, wie man den toten Bachler in der Prien gefunden hatte.

Als er seinen Bericht abgeschlossen hat, ist Sylvia beeindruckt. Matthias weiß, das ist eine *Story* so ganz nach ihren Geschmack. Sie hat sich Notizen gemacht, während er sprach.

Dann überlegt sie: „Komisch, dass ich davon noch nie was gehört habe. Ich wette, mein Vater kennt sich da besser aus. Dass es eine Schießerei gegeben hat, als die Amis gekommen sind, das weiß ich, und dabei ist auch jemand erschossen worden, einer, der wahrscheinlich vollkommen unbeteiligt war. Querschläger oder so, habe ich mal gehört."

„Der Bachler war sicher nicht unbeteiligt."

„Schau doch mal im Heimatbuch nach!" Sylvia schnippt mit den Fingern. „Da gibt es auch sowas wie eine Chronik von Prien. Die 30er, 40er Jahre stehen sicher drin, und ich meine, da steht auch was speziell über die letzten Kriegstage drin."

Dann sieht sie auf die Uhr.

„Mist, ich muss. Ich habe um 8 ein Essen im *Plachutta*."

„Es ist 5."

„Ja, aber das ist in Wien. Ich muss mich beeilen."

Sylvia verabschiedet sich genau so rasch, wie sie gekommen ist, und Matthias hat das Gefühl, sie ist wieder die Alte. Sie hat alle Aufgaben delegiert und ist davon geschossen.

Matthias spaziert gemütlich zum Bahnhof und nimmt den Zug zurück nach Hause.

In der Wohnung tut er als Erstes genau das, was Sylvia vorgeschlagen hat. Er zieht wieder das Heimatbuch aus dem Regal und schlägt das Kapitel *Chronik von Prien* auf.

Über die letzten Kriegstage findet er eine knappe Seite mit einer Menge teils unzusammenhängender Informationen.

Im März und April durchzogen Prien zurückflutende Teile des Heeres in Richtung „Alpenfestung", steht da; und an anderer Stelle ist die Rede von *ganzen Kolonnen abgekämpfter deutscher Soldaten*, die mit Pferdegespannen ostwärts geflohen seien.

Der Priener Bahnhof war noch am 25. April 1945 bombardiert worden. Der Feind habe zwar das Ziel verfehlt, aber trotzdem seien 2 Tote zu beklagen gewesen.

Am 29. April 1945 war General Franz Breithaupt, Chef des Hohen SS-Gerichts, das seinerzeit in Prien untergebracht war, von einem Deutschen in einem Stadel bei Weisham erschossen worden.

Das könnte der General sein, den die Heumann erwähnt hat, denkt er sich. Mit dem also hatte der Bachler vielleicht Umgang.

Prien und Rimsting hätten jeweils Volkssturmeinheiten gehabt; in Prien sei ein *Wehrertüchtigungslager* in der Turnhalle untergebracht gewesen. Auch habe es den Versuch gegeben, die Prienbrücke am Rathaus zu sprengen. Ein LKW sei dort vorgefahren und SS-Offiziere hätten die Sprengung vorbereitet. *In letzter Minute gelang es umsichtigen Priener Bürgern, die sinnlose Sprengung zu verhindern*, denn man wusste, dass ansonsten vernichtende Angriffe der Alliierten zu erwarten gewesen wären.

Der Bürgermeister Jaud habe die kampflose Übergabe des Ortes angeboten.

Die Amerikaner wären von Süden kommend am Morgen des 3. Mai 1945 nach Prien vorgerückt. Am Aschauer Viadukt hätte eine Handvoll ehrenhafter Priener Bürger versucht, sich den fremden Truppen in den Weg zu stellen, aber sie seien *von den Besatzern erbarmungslos niedergeschossen* worden.

Beim weiteren Vormarsch der Amerikaner habe es zwischen Geigelsteinstraße und Krankenhaus ein kurzes Gefecht gegeben. Wehrmachtssoldaten, die auf Motorrädern aus der Gegend Endorf oder Rimsting gekommen waren, hätten die amerikanischen Panzer beschossen. *Dabei wurde ein gewisser Dettendorfer durch einen Querschläger getroffen.* Die Soldaten seien danach verschwunden.

Die Amerikaner, so schließt der Abschnitt, *quartierten sich im Kronprinz und im Hotel Chiemsee ein, auch beschlagnahmten sie die „Villen“.*

Die Verhaftung eines Johann Steinberger wird nicht erwähnt, und auch seine Erschießung nicht.

Am Donnerstag morgen fliegt Sylvia von Wien aus zurück in die USA.

Noch am Flughafen ruft sie Matthias im Büro an und erfährt, dass es im Heimatbuch keinen Eintrag über den Bachler geben würde, und er habe deswegen nochmal bei der Heumann nachgefragt. Die habe sich auch gewundert und gemeint, das sei wahrscheinlich deswegen, weil *der war koa Preana ned.*

„Stimmt“, sagt Sylvia, „das klingt vernünftig.“

Noch am gleichen Tag ist sie wieder in ihrem Büro in Philadelphia.

Die Tage sind hektisch. Sie beeilt sich damit, alles aufzuarbeiten, was sie aus ihren Gesprächen in Wien mitgenommen hat, und am Freitag geht sie früh zurück in ihr Hotelzimmer.

Hundemüde und mit dem Jetlag, der ihr noch in den Knochen steckt, nimmt sie ein Bad und denkt nach. Langsam fällt die Anspannung von ihr ab, und sie schafft es, Ordnung in ihre Gedanken zu bringen.

Die Geschichte von der Heumann, die Matthias ihr in Salzburg erzählt hat, ist ihr nicht mehr aus dem Sinn gegangen. Vor allem deswegen, weil sie von diesem Bachler noch nie gehört hat. Sie ist sich sicher, dass ihr Vater diese Geschichte kennt, und sie würde ihn am liebsten direkt danach fragen, doch heute ist es zu spät, weit nach Mitternacht in Deutschland. Trotzdem: Mit irgend jemandem muss sie darüber reden.

Sie wählt die Nummer von Marc van Gries. Zum Glück ist er gleich selbst am Telefon.

Die Amerikaner hätten den Bachlerbauer 1945 in Prien verhaftet, erzählt sie ihm, und dass er dann erschossen worden sei.

„Jesus!", sagt Marc. „Warum?"

„Tja, keine Ahnung. Ich habe mir gedacht, vielleicht haben Sie davon gehört."

„Nein", sagt er, und Sylvia merkt, dass er nachdenkt.

„Aber du sagst, die Truppen haben ihn verhaftet?"

„Ja."

„Und dabei erschossen?"

„Genau weiß ich es nicht, aber es könnte sein."

„Darüber müsste es Aufzeichnungen geben."

„Hätte ich auch gedacht, gibt es vielleicht auch, ich wüsste nur nicht, wo. In unserem Heimatbuch steht jedenfalls nichts ..."

„Hm ..." Marc denkt nach. „Wenn amerikanische Truppen jemanden verhaften, dann gibt es dazu einen Bericht", sagt er mit Bestimmtheit.

„Ach ja? Waren Sie bei der Armee?"

„Sure", sagt er. „Wir waren alle in der Armee, mein Großvater Benjamin, der war im ersten Weltkrieg, mein Vater im zweiten ...", er pausiert kurz, „und ich war in Vietnam", fügt er leise hinzu.

„Oh, tut mir leid für Sie ..."

„Schon gut, wir sind ja alle wieder heimgekommen. Gott sei Dank."

Er macht eine Pause, während der Sylvia nachrechnet. *Er muss ziemlich jung gewesen sein, damals in Vietnam.*

„Es gibt das nationale Militärarchiv", sagt er schließlich. „Da könnte ich jemanden anrufen."

„Militärarchiv! Hört sich offiziell an. Ist wahrscheinlich kompliziert, da was rauszukriegen, oder?"

„Normalerweise ja, und es dauert natürlich lange, bis man was bekommt, aber wenn man ein paar Leute kennt, könnte es schneller gehen.“

„Kenn ich“, lacht Sylvia. „Aber nur, wenn es Sie selber auch interessiert.“

„Sicher“, sagt Marc. „Wie hieß der Mensch? Steinmeier?“

„Steinberger. Johann Steinberger.“

Am nächsten Morgen ruft sie Matthias an.

„Sylvia!“ Er schreit fast ins Telefon. „Endlich rufst du an. Du hattest mal wieder den richtigen Riecher.“

„Wovon redest du?“

„Von dem Kasterl.“

„Welches Kasterl?“

„Na, das mit den Briefen. Ich hab's gefunden.“

„Nein!“

„Doch!“

„Briefe von der Resi?“

„Genau!“

12

Am Tag zuvor ist Matthias direkt nach der Arbeit zum Grubner Hof gefahren und hat der alten Heumann erzählt, was in den Briefen von Sophie Bachler und Anna Wimmer stand, die Sylvia in Amerika gefunden hat. Er erwähnt auch die Randnotiz, in der Sophie festgehalten hat, dass sie die Briefe von Resi versteckt habe, irgendwo im Dach vielleicht. Sylvias Idee, dass die Briefe ja noch da sein könnten, findet die Heumann gar nicht so abwegig. Zumindest das Versteck, meint sie, müsse man doch finden; das Haus sei ja nicht so groß.

Matthias blickt nach draußen. Es dämmert schon.

„Ich bin zuletzt wieder da gewesen", sagt er, „und habe nochmal die Seitentür angeschaut. Die war offen."

Dann schaut er sie eindringlich an, doch die Heumann schüttelt lächelnd den Kopf und winkt mit ausgestrecktem Zeigefinger ab.

„Eine Leiter hätte ich schon dabei", sagt er und weist mit dem Kinn hinaus auf den Hof, wo sein Kombi steht.

Kurz darauf sitzen sie in Matthias' Wagen und fahren wieder hinauf nach Hittenkirchen. Bei Familie Weber ist alles dunkel, und so gelangen sie ungestört auf die Rückseite des Hofes. Mit einem leichten Ruck stoßen sie die Seitentür zum hinteren Anbau auf.

„Jetzt hob i glei aa a so a ‚Deschavü', oda wia hoast ma des?", fragt Frau Heumann, als sie in den dunklen Raum eingetreten sind.

Matthias kann sich ein Schmunzeln nicht verkneifen. Er hat zwei Taschenlampen mitgebracht und leuchtet mit einer davon das Dach von unten aus.

Die Dachbalken laufen von der rückwärtigen Hauswand weg und haben nur eine geringe Neigung. Darüber ist das Dach nicht eingeschalt; die Dachziegel liegen offen über ihnen. Es ist nicht viel zu sehen.

„Es müsste ein Hohlraum zwischen Gebälk und den Dachschindeln da sein", sagt er.

„Do brauch ma de Loadda."

Matthias lehnt die Leiter an der Hauswand an, steigt hinauf und hält die Lampe so gut es geht in die Balken.

Eine Ratte flüchtet aus dem Lichtkegel und zwängt sich in eine der Ritzen im Dach.

„Scheiße! Eine Ratte!", ruft Matthias aus und springt förmlich wieder hinab.

„Grod oane?", lacht die Heumann, während sie

langsam durch den Raum spaziert und wie ein Hans-Guck-in-die-Luft nach oben sieht. „Des gibt's ned. De sann nia alloa."

„Ist ja auch genug Platz da", sagt Matthias, „aber ich hasse diese Viecher."

„A geh! De dean da nix. So langs des Lamperl host, laffen's davo."

Sie nimmt ihm eine der Lampen ab und schiebt ihn freundlich beiseite.

„Loss mi amoi auffisteign."

Damit packt sie die Leiter und stellt sie einen Meter weiter seitlich wieder auf.

Matthias geht vorsichtig im Raum umher und richtet seine Lampe gegen das Dach. Nacheinander untersuchen sie jeden einzelnen Balken. Als sie beim äußersten Dachträger angekommen sind, ruft die Heumann plötzlich von hinten: „Hoit auf! Dohint, do blitzt wos auf, moan i."

In der hintersten Ecke des Raumes kann man auf dem Fensterbrett stehend leicht auf den Balken hinaufgreifen, wo eine metallene Dose direkt unter einem Ziegel eingeklemmt ist.

Matthias zieht sie mit einem schnellen Griff heraus.

„Buff!", macht die Heumann und lacht laut, als Matthias zu Tode erschreckt die Lampe fallen lässt. Die Ratte ist weg.

„*Sappralot,* hat die Heumann gesagt“, lacht Matthias, als er es Sylvia erzählt, „*jetzt hamm mir zwoa scho wieda sowos gfunden!*“

„Und was war dann genau drin?“, will Sylvia wissen.

„Briefe, ein ganzer Haufen Briefe, 14 Stück! Alle mit Umschlägen. Alle von Therese Bachler. Ich hab sie sauber hergerichtet und dabei bisher nur mal überflogen.“

„Und? Was schreibt sie? Irgendwas über die Anna?“

„Anna? Wenig! Es geht meist nur um sie selbst, das heißt um die Bachlers. Und ich habe das Gefühl, da hat sich eine Tragödie abgespielt.“

„Eine Tragödie? Davon weiß hier keiner was.“

„Ich kann jetzt noch nicht mehr sagen. Ich werde die Briefe sauber abtippen, und danach schick ich es dir.“

„Hört sich gut an. Wie lange brauchst du?“

Das ist seine Sylvia.

„Schwer zu sagen. Jetzt ist Samstag Mittag. Wenn ich mich beeile, bis morgen abend.“

„Ok, schick' dich“, sagt Sylvia und erzählt ihm noch von Marcs Idee, im amerikanischen Militärarchiv nach einem Protokoll über die letzten Kriegstage in Prien zu forschen. Sie erwartet, dass sein Kontakt dort zu etwas führen könnte.

Wie immer, hat sie auch diesmal den richtigen Riecher.

13

Matthias arbeitet an den Briefen aus Amerika wie ein Besessener. Er fühlt sich erinnert an die Zeit, als er sich intensiv mit dem Tagebuch von Anna Wimmer befasst hat.

Die Frist, die er Sylvia versprochen hat, kann er einhalten: am Sonntag Abend hat er es geschafft, alle Briefe zu lesen und für andere lesbar aufzubereiten.

In der Dose, die nicht viel größer war als ein kleiner Schuhkarton, waren 14 Briefe versteckt, 14 Umschläge mit jeweils zwei oder drei Blättern, selten mehr.

Das Papier ist teilweise leicht brüchig, aber insgesamt gut erhalten, denn in der Kiste hat es über all die Jahre trocken gelegen und war keinem Licht ausgesetzt.

Die Tinte ist nur an wenigen Stellen verblasst. Die Handschrift ist längst nicht so sauber wie die, die er aus dem Tagebuch von Anna Wimmer kennt, aber in seinem beruflichen Alltag im Grundbuchamt hat er oft genug mit deutlich schlechteren Schriften zu tun. Es ist immer eine Frage der Zeit, bis er sich an ein Schriftbild gewöhnt hat. Danach geht es dann meist sehr flüssig, und bisher hat er immer alles lesen können.

Er hat jedes Blatt sorgfältig aufgefaltet und zusammen mit den zugehörigen Umschlägen vorsichtig in eine Plastikhülle gesteckt; die ganze Sammlung hat er in einem Ordner abgeheftet.

Die Briefe sind zunächst an ihre beiden Cousinen gerichtet, an Anna und Sophie, später dann – nachdem Anna tot war – nur noch an Sophie. Die ersten Umschläge tragen als Adressat *Anna Wimmer, Beim Grubner, Prien am Chiemsee, über Rosenheim, Baiern.* Die Briefe ab 1871 gehen an *Sophie Bachler, Hittenkirchen, über Rosenheim, Baiern.*

Jeden Brief hat Therese Bachler mit einer Zeitangabe versehen, so dass es leicht ist, die Umschläge in eine chronologische Abfolge zu bringen.

Der erste Brief ist der längste. Resi hat ihn am 28. Oktober 1866 geschrieben; er umfasst 5 Blätter und erzählt ihre *Flucht* – wie sie es nannte – aus der Heimat.

Der letzte Brief ist am 14. Februar 1880 geschrieben worden.

Resis Sprache ist sehr einfach, und an einigen Stellen benutzt sie eine umständliche Grammatik. Außerdem scheint sie sich kaum um eine einheitliche Rechtschreibung bemüht zu haben.

Matthias spürt, dass sie sicher eine andere Natur war als Anna, eher etwas konfus, denn teilweise schreibt sie schwärmerisch über ihr neues Leben, dann aber scheint sie auch wieder verbittert wegen ihres Schicksals. In ihrer Wortwahl war sie immer sehr direkt.

Bis zum Sonntag Abend hat er alle Briefe gelesen und sorgfältig abgetippt.

Die ersten Briefe sind dramatisch, denn sie schildern auffällig direkt, warum Therese Bachler den elterlichen Hof verlassen hat. Von einer *Auswanderung* – wie es später in dem Protokoll des Traunsteiner Gerichts vermerkt wurde – kann eigentlich keine Rede sein; *Flucht* war tatsächlich der treffende Ausdruck.

Die späteren Briefe verlieren sich immer mehr in Belanglosigkeiten, in Austauschen von Glückwünschen zu Geburts- und Namenstagen, Grüßen zu Weihnachten oder zu Ostern.

Als er fertig ist, sieht er einige Episoden aus dem Leben der Therese Bachler klar vor sich und greift langsam zum Telefonhörer.

Es ist halb neun bei ihm. Er versucht, Sylvia in ihrem Hotel in Philadelphia zu erreichen. Nachdem er das Telefon mindestens 20 mal hat läuten lassen, legt er wieder auf.

In seinem Kopf kreisen die Bilder, die er nicht

wirklich einordnen kann. Aber er würde mit keinem anderen als mit Sylvia darüber sprechen wollen. Er trinkt ein Bier, vergisst zu essen und legt sich auf das Bett.

Vor seinem geistigen Auge lässt er die Geschichte – soweit sie ihm aus den Briefen jetzt bekannt ist – vor sich ablaufen.

Der früheste Brief macht ihn sehr betroffen.

Liebe Anna, Liebe Sophie, schreibt sie, *es geht mir gut! Ich hoffe, ihr habt nicht nach mir gesucht. Ich bin in Amerika!*

Sie schildert die Ereignisse des Tages, an dem sie den elterlichen Hof verlassen hat, offenbar den 3. Juli 1866.

An dem Tag seid ihr beim Schilfschlagen in Harras gewesen und ich war mit Ludwig allein auf dem Hof.

Am Abend haben wir wieder einmal gestritten, wegen dem Testament, das er hat verschwinden lassen. Er hat gesagt, das wäre etwas anderes gewesen, was der Vater unterschrieben hat, aber ich habe ihn einen Lügner geheißen, weil das stimmt nicht.

Irgendwann waren wir beide so sehr in Wut, daß er mich geschlagen hat, daß ich in der Küche zu Bo-

den gefallen bin. Ich habe nach dem kleinen Hacki beim Holzofen gegriffen und bin auf ihn los, aber er hat es mir genommen und mich weg gezerrt und mir grob Gewalt angetan.

Als ihr nach Hause gekommen seid, war ich in der Kammer und habe mich schlafend gestellt und gehört wie Ludwig Euch gesagt hat, ich bin krank. Ich habe mich so sehr geschämt.

Was es mit dem verschwundenen Testament auf sich hat, kann Matthias an dieser Stelle nicht nachvollziehen. Es wird aber in einigen der späteren Briefe immer wieder aufgenommen.

In der Nacht bin ich aufgestanden. Da hast du geschlafen, aber der Ludwig war da und ich weiß nicht, ob Mutter etwas gehört hat.

Ludwig hat gesagt, ich soll gehen, bevor noch was Schlimmeres passieren täte. Er hat mir 700 Gulden gegeben, damit ich endlich gehen würde und hat gesagt „das gelangt für dein Leben“. Und was ich tragen kann, das soll ich mitnehmen.

Im Morgengrauen bin ich davon gelaufen, habe mich davon gestohlen wie ein Dieb in der Nacht, ohne zu wissen wohin. Von Amerika hatte ich damals kaum gehört.

Sie ist zunächst in Richtung Aschau gelaufen, und von dort weiter nach Sachrang, wo sie die erste Nacht in einem Heustadel verbrachte.

Am nächsten Morgen überquerte sie die Grenze nach Tirol im Wald beim Ritzgraben und lief den Berg hinunter Richtung Kufstein, wo sie am Abend des zweiten Tages ankam.

Dort bin ich zum Inn nunter gegangen, um mich zu waschen.

Einer der Schiffer hat mich angesprochen. Er war ein Südtiroler und hat gemeint, es stimmt was nicht mit mir, und wenn ich weg will, kann er mich mitnehmen, auf seinem Floß, auf dem Inn bis Wasserburg, wenn ich wollte.

Er hat ausgeschaut wie daß ich ihm habe vertrauen können und da bin ich mit ihm mitgefahren, vorbei an Rosenheim und bis nach Wasserburg. Dort hat er Holz abgeliefert.

Er hat keine Fragen gestellt. Erst als wir in Wasserburg waren, hat er wissen wollen, wohin ich denn will. Ich habe gesagt, ich weiß es nicht. Nur weg, das war schon gut genug für das Erste.

Der Mann hat sie dann wohl zu einem anderen Schiffer gebracht, bei dem sie zum ersten Mal von der Möglichkeit einer Auswanderung erfuhr. Es gebe jede Menge Leute, die sich zur Zeit aufmachten nach Amerika. Er sagte, er könne sie günstig nach München bringen, und ihr dort weiterhelfen. Sie sagte zu.

Eine gute Woche nach ihrer Flucht traf sie in der Hauptstadt ein.

Dort lernte sie, dass sie die nötigen Papiere für eine Auswanderung nicht hatte. Der Fremde bot ihr aber an, diese zu besorgen. Das sei zwar nicht billig, gerade jetzt, da Krieg zwischen Preußen und Österreich herrschte, aber Geld hatte sie ja. Wieder sagte sie zu.

Gemeinsam mit einigen anderen Alleinreisenden und kleineren Gruppen fuhren sie von München aus weiter Richtung Nürnberg und Würzburg, erst mit der Eisenbahn, später dann mussten sie auf Kutschen umsteigen. Eine Woche nach ihrer Abreise aus München kam sie in Frankfurt an. Dort wurden sie von Flößern übernommen, die die Gruppe auf dem Main und dem Rhein in einer weiteren Woche bis nach Köln brachte.

In Cölln haben wir ganze acht Tage gewartet bis wir wieder auf ein Floß gebracht wurden. Ich habe versucht allein zum Bleiben, denn sie haben die Cholera in der Stadt gehabt. Die Menschen arbeiten in Fabriken und es gibt eine Baustelle, wo hunderte von

Männern arbeiten. Sie haben einen Kran, der bis in die Wolken reicht, weil sie das höchste Gebäude der Welt bauen wollen, einen Dom, von dem sie sagen, wenn er fertig ist, geht die Welt unter. Das wäre schade wegen der schönen Fenster. Seltsame Leute, man versteht sie überhaupt nicht, aber sie sind strengst katholisch. Nirgendwo auf der Welt werdet ihr mehr Kirchen sehen als dort, eine seltsame, aber eine heilige Stadt.

Ab Köln fuhr sie dann schließlich auf einem Floß rheinabwärts und erreichte Mitte August 1866 die Hafenstadt Rotterdam. Wieder hatten sie einen längeren Aufenthalt, mehr als eine Woche, und während dieser Zeit informierte sie sich über die unterschiedlichen Schiffe, die über den Atlantik zwischen Europa und der Neuen Welt hin und her fuhren.

Es hatte Segelschiffe und es hatte Dampfer, schreibt sie. *Zu segeln war billiger, aber auch ungleich gefährlicher und es täte deutlich länger dauern. Aber das Geld für die Passage auf einem Dampfer hab ich nimmer gehabt.*

Selbst für das Ticket auf einem Segelschiff hat ihr Geld nicht mehr ganz gereicht, denn sie ging gegenüber dem Reeder eine Schuld ein, die sie in Amerika durch Arbeit wieder tilgen wollte.

Ich war nicht die einzige ‚weiße Sklavin'. So haben sie uns genannt, und es gab ja da schon kein Zurück mehr. Unser Schiff war die Bavaria! Das hat mir Trost und Vertrauen geschenkt, schreibt sie.

Die Überfahrt musste gut 6 Wochen gedauert haben.

Das Wetter ist uns günstig, haben die Seeleute gesagt. Der Wind treibt uns nach Westen. Wir sind gut voran gekommen, obwohl die Wellen oft haushoch über das Schiff hinweg gegangen sind. Die Seekrankheit war noch das mindeste.

Sie schildert die Verhältnisse an Bord des Schiffes als *unmenschlich. Beständig haben wir Hunger und Durst gehabt. Das Sauerkraut haben wir uns mit den Würmern teilen müßen, das Fleisch mit den Ratten. Nach drei Wochen habe ich aufgehört, die Toten zu zählen. Viele alte Menschen, aber auch Kinder.*

Sie ist überglücklich, als Land in Sicht kommt.

Am 14. Oktober 1866, also nur 3 Monate nach meiner Flucht aus Hittenkirchen, hab ich den Boden der Neuen Welt betreten, das war der gleiche Tag, an dem Kolumbus mit seiner Santa Maria hier angekommen ist, haben die Seemänner uns gesagt.

Der nächste Brief datiert vom Frühjahr 1867.

Darin beschreibt sie ihre Bekanntschaft mit dem Mann, den sie bald heiraten wird.

Während des Wartens auf die Einschiffung in Rotterdam hat sie Theo van Gries kennengelernt, einen Holländer, dessen Bruder damals schon in Philadelphia war. Theo van Gries war auf dem Weg zu ihm und verliebte sich schnell in die Bachler Resi aus Bayern, die er kaum verstanden haben konnte.

Er hat geglaubt, daß er ein bisserl deutsch spricht, aber verstanden habe ich davon nicht viel. Trotzdem hat er mich zum Lachen gebracht. Zum ersten Mal seit ich von daheim weg bin, habe ich mit ihm wieder lachen können. In all dem Elend haben wir zusammen lachen können.

Bei der Ankunft in New York werden sie von Theos Bruder in Empfang genommen.

Er hat mich ausgelöst beim Kapitän und meine Schuld bezahlt, damit ich sie auf seiner Farm abarbeiten kann, wo es sogar schon Vieh gibt. Dort solle ich als Magd arbeiten, so wie du Anna beim Grubner.

Die letzten 100 Meilen von New York nach Philadelphia legen sie in einer Kutsche zurück, und kommen nach nur 2 Tagen dort an.

Sie schreibt, dass sie *bescheiden und eng auf dem Hof leben,* und dass sie jetzt bald heiraten wird, und dann wollen sie auch bald noch weiter westwärts ziehen, *denn freies Land gibt es gerade genug.*

Weihnachten 1867 schreibt sie schon den dritten Brief.

Darin blickt sie zurück auf die Zeit vor gut einem Jahr, als sie in New York angekommen ist. Die Zustände bei und nach der Landung erscheinen ihr im Nachhinein als wenig rosig. Die Beamten hätten zunächst alle Neuankömmlinge einer intensiven Gesundheitsuntersuchung unterzogen.

Einige der Menschen wurden als schwachsinnig eingestuft und mit einem X auf dem Rücken markiert. Diese Leute haben sie nicht weiterreisen lassen. Was aus ihnen geworden ist, das weiß ich nicht, aber man hat uns gesagt, sie werden zurückgeschickt, zurück in ihre Heimat, die sie doch gar nicht mehr haben. Ich habe solche Angst gehabt, als sie uns gesagt haben, wir werden alle untersucht.

Das Thema Heimat scheint sie schon damals, also sehr früh, zu beschäftigen.

Einige Menschen haben eine Handvoll Erde aus ihrer Heimat mit sich getragen, weil sie sie dereinst mit in ihr Grab in fremder Erde nehmen wollen. Ich habe nur noch den Dreck unter meinen Fingernägeln dabei gehabt, und auch sonst bin ich mit nichts angekommen als mit dem, was ich hab tragen können, was ich am und im Leibe hab tragen können.

Von Castle Garden reisen sie auf einer Fähre weiter nach New York und erhalten in einem Auffanglager die erste Mahlzeit. Sie habe einen *Riesenhunger* gehabt, schreibt sie.

Es sind viele Iren unter den Menschen gewesen, und Deutsche, und jeden Tag kommen neue hinzu, sehr viele, auch aus Baiern.

Sie sieht die Siedlungen der Deutschen in New York und ist schockiert wegen der Enge und Armut, in der die Menschen leben. Sie hat Amerika als weites Land, als reiches Land erwartet, denn genau das hat sie von den diversen Schleppern, die sie nach ihrer Flucht getroffen hatte, immer wieder erzählt bekommen.

Auch erwähnt sie, dass es mehr als 5 Dutzend

deutscher Zeitungen gibt. Sie habe sich gewundert über die vielen Suchanzeigen.

Es werden Männer gesucht, meist von ihren eigenen Familien. Man weiß nicht, ob die Gesuchten wieder zurück gefahren sind, zurück nach Europa, oder ob sie alleine weiter gereist sind, weil das einfacher ist. Vielleicht waren sie aber auch erschlagen worden. Es gibt viel Lumpenpack hier und die Zustände sind elendig.

Nach einer Woche werden sie von Theos Bruder abgeholt.

In späteren Briefen kommt sie immer wieder auf die Zeit vor ihrer Flucht zurück und schildert die Erinnerung an ihren leiblichen Vater.

Vater ist jung gestorben. Er hat gewußt, dass er sterben wird.

Es hat mit den Zuckungen angefangen. Er wollt es verbergen, aber dann haben wir es gesehen. Erst ist der rechte Arm lahm gewesen, bald auch der linke, dann die Beine. Er hat gwußt, er wird bald sterben und wird mich und seine Frau alleine zurücklassen. Mutter wird wieder heiraten müssen, das hat er gesagt, und deshalb hat er kurz vor seinem Tod mir den Hof vermacht. Er hat ein Testament aufgesetzt und der Herr Notar war bei uns und hat es bezeugt. Vater war da schon im Bett gelegen und hat nicht mehr aufstehen können, und Veronika war da und ich auch.

Und die Erwachsenen haben unterschrieben und ich hab zugesehen wie mein Vater mit zittriger Hand unterschrieben hat. Lesen konnte ich es nicht, so zittrig hat er geschrieben.

Kurz darauf ist er gestorben, am 29. Juni 1855. Er war im 41sten Lebensjahr. Auf dem Totenbett hat er mir gesagt, ich sei seine Tochter und mir soll der Hof gehören. Ich müßte auf dem Hof bleiben und dürfte nicht weggehen. Wahrscheinlich hat er gewußt, was geschehen wird. Ich habe es ihm versprochen, denn ich hätte mir nichts anderes vorstellen können als auf dem Hof zu leben. Ich war doch erst 10 Jahre alt.

Ihre Mutter muss dann tatsächlich einige Jahre später wieder geheiratet haben, nämlich 1860, und zwar offenbar den Mann, den ihr verstorbener Mann als Knecht auf den Hof genommen hat, weil er die Arbeit wahrscheinlich wegen seiner Erkrankung nicht mehr schaffen konnte. Den Mann, der ihr Stiefvater ist, nennt sie Ludwig. Und auch von ihrer Mutter spricht sie fast immer nur als Veronika.

Im gleichen Jahr, in dem die Mutter wieder

heiratet, kommt ihre Cousine Sophie Klara Liendl aus Kraimoos auf den Hof.

Sie ist zwei Jahre jünger als Resi – das ergibt sich aus einem späteren Brief, den Resi ihr zum Geburtstag schickt – und ihre Eltern müssen jung gestorben sein. Sophie ist im Alter von 13 Jahren Vollwaise und kommt zur Schwester ihrer Mutter, ihrer Tante Veronika, Resis Mutter. Das geschieht offenbar gegen den Widerstand von Ludwig, aber zumindest in dieser Frage kann Veronika sich gegen ihn durchsetzen.

Ansonsten muss Ludwig ziemlich schnell das Regiment auf dem Hof übernommen haben.

Die Ehe ihrer Mutter und dem Stiefvater beschreibt sie oft als angespannt, *ohne Liebe und Freude*. Von daher spricht sie an einer Stelle von einem *Unglück im Sommer 1864*, und sie meint damit, dass ihre Mutter *im 40sten Lebensjahr noch in die Hoffnung gekommen ist.*

Ihr Stiefbruder wird am 13. Januar 1865 geboren und nach seinem Vater Ludwig Anton genannt.

Kurz darauf muss es dann wohl zu der schon früher erwähnten Unterschlagung des Testaments gekommen sein, und dazu schreibt sie:

Niemand hat mir geholfen. Der Notar nicht, Du nicht, höchstens Veronika hätte mir helfen können Und wie habe ich sie um Hilfe gebeten? – Sie hat zu ihrem neuen Mann gehalten. Nein, die hat mir auch nicht geholfen.

Ich hab sie angeschrien „Der Vater hats doch gesagt, daß ich den Hof kriegen soll“, angeschrien hab ich sie, und früher hätte sie mir eine Watschn gegeben, aber diesmal hat sie sich nur weggedreht von mir und hat gar nichts gesagt. Nein, geholfen hat mir keiner.

Was genau passiert ist, das kann Matthias nicht nachvollziehen.

Ansonsten enthalten die Briefe viele anschauliche Schilderungen des Lebens auf der neuen Farm, zumeist eher belanglose Dinge. Matthias hat das Gefühl, dass sie sich insgesamt wohl fühlte und glücklich war. Sie erwähnte auch, wie schnell sie zu relativem Reichtum kamen, denn stolz erwähnt sie Ostern 1869, dass sie *schon 35 Stückl Vieh* haben.

Aber es gibt auch immer wieder bedrückte Äußerungen, die zeigen, dass sie in ihrer neuen Welt nicht alles gut heißt und zeitweise Heimweh hat.

An einer Stelle schreibt sie, dass sie unter der puritanischen Lebensweise in der Region eher leidet. Sie sei katholisch, betont sie, und werde es auch bleiben, denn *der liebe Gott wird doch wollen, daß man eine Freud am Leben hat. Wie die amischen Leute hier leben, das ist freilich zum Lachen. Gescheit sind sie ja schon, aber insgeheim heiße ich sie die damischen Leit.*

Und den Blick auf die Berge, den sie vom Bachlerhof aus hatte, vermisst sie anscheinend sehr.

Wenn ich den Mond über New Holland beobachte, dann frage ich mich, ob es der gleiche Mond ist, der auch über der Gedererwand steht.

Trotzdem macht sie immer deutlich, dass sie nie mehr zurückkehren wird, sondern bestärkt ihre Cousinen eher darin, ihr nachzukommen; dies besonders in einer Antwort auf einen Brief, in dem Anna offenbar angedeutet hatte, dass auch sie auswandern wolle.

Geboren an meinem 21. Geburtstag, bin ich in ein Zuhause gekommen, wo ich vorher nie war, habe ich meine Heimat hinter mir gelassen und kehre nicht mehr zurück. Das Leben hier ist hart, die Arbeit viel und streng, aber es ist ein Geben und ein Nehmen. Daheim wars nur ein Geben für mich, denn bei allem, was ich gekriegt habe, hats geheißen: Was gibst du her dafür?

Kurz darauf muss sie die Nachricht erhalten haben, dass Anna verschwunden ist. Das hat Sophie ihr offenbar erst in ihrem Weihnachtsbrief 1869 mitgeteilt. Auch, dass man Annas Ehemann Franz Wimmer verhaftet und wegen Mordes verurteilt hat, muss Sophie ihr geschrieben haben, aber von einer Beziehung zu Andreas Thanner ist nirgends die Rede. Scheinbar hat Anna das auch vor ihren Cousinen geheim gehalten. Die beiden Frauen glauben jedenfalls an die Mordtheorie und an die Schuld von Franz Wimmer.

In einem Brief aus dem Jahr 1871 reagiert Resi sehr kühl auf die Nachricht, dass ihre Mutter tot sei und offenbar Selbstmord begangen habe.

Was soll ich mich grämen über Veronika? Mitleid habe ich mit ihr, ja, denn mit Ludwig ist es ihr genauso ergangen wie mir mit ihm. Aber sie hat eine Wahl gehabt, später jedenfalls, ich nicht, und sie hat sich für ihn entschieden und gegen mich.

Und nun endet sie fast wie ich. Auch mich hat es in Übersee an Land gespült, auch mich hat der Wind getragen. Ist das ein Zeichen des Schicksals?

Eine eigenartige Reaktion auf den Tod der Mutter, findet Matthias, und während er versucht sich vorzustellen, wie die Beziehung der beiden wohl gewesen ist, schläft er langsam ein.

Er hat sich angezogen auf das Bett gelegt und dabei ein Bier getrunken. Die Ereignisse der letzten Tage waren anstrengend und haben ihn viel Kraft gekostet. Die ganze Nacht schläft er durch.

Er träumt von Sophie, jedenfalls glaubt er das, denn er sieht eine junge Frau, die Briefe in eine Kiste stapelt und verschließt. Er beobachtet sie, ohne dass sie ihn bemerkt. Als sie weggeht, ist er sich sicher, dass sie nicht mehr zurückkommt. Deswegen nimmt er die Kiste an sich und versucht, sie zu öffnen. Sie klemmt, er greift fester zu, und als der Deckel plötzlich aufspringt, findet er darin nur mehrere junge Ratten, die sich gegenseitig hinterherjagen.

Mit einem Ruck wird er wach. Es ist kurz nach fünf. Er schwitzt.

Eine kalte Dusche und ein starker Kaffee, und er ist auf dem Weg ins Büro.

Dass Sophie die Briefe versteckt hat, kann er leicht nachvollziehen, aber dass sie mehr als 100 Jahre später noch da sind, kommt ihm plötzlich fraglich vor. Warum hat sie die Kiste nicht irgendwann wieder weggenommen? Vielleicht ist sie selbst auch überraschend gestorben. *Über Sophie*, denkt er, *wissen wir so gut wie nichts.*

Am Nachmittag klingelt sein Telefon. Sylvia ist am Apparat.

„Gut, dass du anrufst", sagt er. „Ich hab die Briefe gelesen. Da ist einiges passiert damals. Pass auf ..."

Matthias erzählt ihr, dass Resi nicht freiwillig ausgewandert ist, sondern, dass man sie eher vom Hof vertrieben habe, und dass es um ein verschwundenes Testament gehe, verworrene Geschichte eben.

„Ich hab' wenig Zeit", unterbricht Sylvia ihn. „Heute Morgen ist ein Fax für mich gekommen. Marc hat mir das Protokoll aus dem Militärarchiv direkt zuschicken lassen."

„Er ist wirklich sehr hilfsbereit."

„Ja, und ich denke, ich werde mir heute frei nehmen müssen und sofort mal zu ihm raus fahren, denn da ist etwas seltsam, sehr seltsam."

„Ach ja? Was denn?"

„Der Sergeant, der den Bachler verhört hat, der hieß van Gries."

14

Sylvia erzählt Marc zuerst von den Briefen, die Matthias gefunden hat. Erst dann zeigt sie ihm das Fax, das sie aus dem Militärarchiv erhalten hat.

Es ist ein mit Schreibmaschine geschriebenes Verhörprotokoll, nur eine knappe DIN A4 Seite lang.

Johann Steinberger war am 4. und 5. Mai 1945 von Angehörigen der amerikanischen Armee im Hotel Kronprinz in Prien am Chiemsee befragt worden.

Man beschrieb zunächst den Verhörten selbst als einen Mr. Johann Steinberger, Nationalität: Deutscher, geboren: 6/25/1900 in Hittenkirchen, wohnhaft in Hittenkirchen.

Dann folgte eine kurze Schilderung der Umstände seiner Verhaftung:

Er sei am Mittag des 3. Mai 1945 bei einem Schußwechsel in der Bernauer Straße festgenommen worden. Später habe sich herausgestellt, dass er am Morgen des gleichen Tages bei der Beschießung einer Brücke am Ortseingang von Prien zugegen gewesen sei.

Das Protokoll der beiden Verhöre ist nicht sehr lang.

Steinberger gab offen zu, mit einigen anderen

Personen die Sprengung der Brücke am südlichen Ortsausgang von Prien geplant und vorbereitet zu haben. Auf der Brücke sei es zu einem Handgemenge gekommen, in dessen Verlauf einer der Beteiligten erhängt worden sei. Daraufhin sei die Gruppe unter Beschuss geraten, wahrscheinlich durch einen amerikanischen Spähtrupp. Seine Begleiter seien alle getroffen worden. Er selbst habe fliehen können und sei erst später in Prien in eine weitere Schießerei verwickelt worden. Dabei habe man ihn gefangen genommen.

Marc liest das Protokoll und sagt: „So what?"

Sylvia zeigt auf den unteren Rand des Faxes. Das Protokoll ist von zwei Personen unterschrieben worden. Das Original ist aber anscheinend beim Einziehen in das Gerät leicht verrutscht. Man kann die linke Unterschrift und den darunterstehenden Namen sehr gut lesen: *Sergeant Allen B. Hill.*

Rechts davon steht eine weitere Unterschrift. Allerdings ist hier nur die handschriftliche Signatur zu sehen. Der zugehörige Name ist nach rechts unten verschwunden und nicht mehr zu sehen.

„Schauen Sie sich die Unterschrift rechts an. Ich bin mir ja nicht sicher, aber ich meine, das heißt *van Gries*! D, Punkt, van Gries, oder?"

Marc zuckt zusammen und reißt das Blatt förmlich wieder an sich. Er starrt auf den Schriftzug. Tatsächlich ist die Unterschrift deutlich als van Gries zu lesen, aber er braucht lange, um es zu realisieren. Er beginnt langsam zu nicken. Dann blickt er auf und sieht sie lange an.

„Du hast Recht", sagt er dann, „das heißt van Gries ..."

„D van Gries, oder? Du hast gesagt, dein Vater war im Krieg. Aber der hieß Richard, oder?"

Marc sieht nicht aus, als ob er ihr zuhört.

„Ja", sagt er dann leise. „Richard ... Dick."

„Dick? Wieso Dick?"

„Dick steht für Richard, so wie Sepp für Josef steht."

Sylvia nimmt das Fax, das er ihr hin hält.

„Das ist die Unterschrift meines Vaters", sagt er mit Bestimmtheit.

„Mein Gott! Dein Vater?"

Er antwortet nicht. „Lebt der noch?", fragt sie weiter.

Marc steht schweigend auf und geht hinüber zu der Fensterfront. Mit vor der Brust verschränkten Armen steht er da und blickt hinaus auf die Felder.

Sylvia folgt ihm und tritt neben ihn. In einiger Entfernung können sie eine Reihe von Leuten beobachten, die bei einem der Nebengebäude zusammenstehen und angeregt diskutieren.

„Ist er einer von denen?“, fragt Sylvia.

Marc nickt nur still vor sich hin.

„Am besten, du gehst jetzt. Ich möchte ihn das selber fragen.“

Sylvia fährt zurück nach Philadelphia.

Der Verdacht, der sich ihr jetzt aufdrängt, ist plötzlich so naheliegend, dass sie sich fragt, warum sie nicht direkt an solch eine Beziehung gedacht hat. Marc hat ihr erzählt, dass sein Vater im Krieg gewesen ist. Dann ist es sehr wahrscheinlich, dass er auch in Deutschland gewesen ist – zudem er sicherlich perfekt Deutsch spricht, auch das hat er ihr gesagt. Seine Hinweise, dass er selbst in Vietnam war, hat sie von den anderen Informationen abgelenkt. Sie schlägt sich mit der flachen Hand gegen die Stirn. Klar, das muss es sein.

Im Hotel ruft sie als erstes ihre Emails ab. Matthias hat ihr die Abschriften der Briefe zugeschickt. Sie druckt alle Seiten aus und setzt sich auf den kleinen Balkon ihres Hotelzimmers. Bei einer Tasse Kaffee beginnt sie zu lesen.

Schon nach den ersten beiden Briefen stockt sie, und holt sich die Aufzeichnungen, die sie sich vor einer Woche gemacht hat, als sie selber bei Marc van Gries war.

Sie liest zunächst die alten Briefe und fängt dann an, die Dinge mit ihren eigenen Notizen zu vergleichen. Irgendwas passt nicht so recht zu dem, was Marc ihr erzählt hat. Sie blättert durch ihr kleines schwarzes Notizbuch. Resi ist im Oktober 1866 in Amerika angekommen, das hat er gesagt, und das stimmt mit dem Datum in ihrem Brief überein. Und dann hat er noch gesagt, dass sie schon im Frühjahr das erste Kind bekommen hat, das erste von sieben, beziehungsweise neun Kindern. Haben sie es nicht Johann getauft? Das Kind wird nicht erwähnt, nicht in den ersten beiden und auch in den späteren Briefen nicht, obwohl sie dort über jedes ihrer Kinder berichtet hat. Nur über Johann, über den schreibt sie nichts. Sie hat sich notiert, dass das Kind bei seinem Onkel geblieben ist, als sie weiterzogen nach New Holland. Auch darüber kein Wort. Das, so findet sie, kann nicht sein.

Es ist noch früh genug an diesem Montag Nachmittag, um in Deutschland anzurufen.

Sie wählt Matthias' Nummer zu Hause, denn sie weiß, um diese Zeit wird er wahrscheinlich gerade dabei sein, ins Bett zu gehen.

„Danke für die Briefe. Gute Arbeit."

Matthias freut sich.

Sie erzählt ihm von der Unterschrift unter dem

Protokoll, und dass es tatsächlich Marcs Vater war, der das Protokoll des Verhörs von Johann Steinberger unterzeichnet hat.

„Er will jetzt erstmal mit ihm allein reden. Kann ich gut verstehen. Es ist eine Familienangelegenheit."

Dann erzählt sie ihm auch das, was sie über die Kinder der Resi schon wusste, und dass sie sich fragt, warum sie in ihren Briefen ihr erstes Kind nicht erwähnt habe.

Matthias holt sich seine Unterlagen und schlägt den ersten Brief auf.

„Du hast Recht, das ist seltsam, sehr seltsam."

Aber dann kommt ihm ein Gedanke, den er zwar schon einmal hatte, aber auch sofort wieder verworfen hat.

„Was hat sie über den Abend geschrieben, bevor sie so überstürzt davon gelaufen ist?", fragt Matthias und gibt die Antwort selbst. „Sie hat geschrieben, dass ihr Stiefvater sie *weg gezerrt hat*, und dass er ihr *grob Gewalt* angetan habe, so hat sie sich ausgedrückt. Das klingt zunächst nur so, als habe er sie geschlagen, denn sie war ja mit dem Beil auf ihn losgegangen. Vielleicht hat sie aber auch etwas anderes gemeint und sich nicht getraut, es aufzuschreiben. Und sie hat sich auch noch *geschämt*, schreibt sie."

Sylvia sagt kurz nichts und überlegt.

„Du meinst, er hat sie vergewaltigt?"

„Genau. Könnte doch sein. Der eigene Stiefvater vergewaltigt sie. Das hätte sicher zu so einer Kurzschlußreaktion führen können, oder?"

Sylvia nickt schweigend.

„Ja, sicher", sagt sie dann, „das kommt mir plötzlich auch sehr wahrscheinlich vor. Nur wegen eines Streits Hals über Kopf den Hof verlassen? – das sieht ihr nicht sehr ähnlich; nicht nach allem, was wir bis jetzt über sie wissen. Sie war eine Kämpfernatur."

„Stimmt. So einfach weglaufen, das passt nicht zu ihr."

Sylvia versucht, sich ihre Situation vorzustellen.

„Das heißt, sie war vielleicht schon schwanger, als sie davonlief. Auf der Flucht bemerkt sie das Ausbleiben der Periode und fürchtet wahrscheinlich eine Schwangerschaft, schiebt es aber vielleicht auf die Angst und den Stress während der Flucht."

„Angst!", unterbricht Matthias sie wie auf ein Stichwort. „Da war doch das mit der Gesundheitsuntersuchung bei ihrer Ankunft in New York. Sie hat geschrieben, dass sie davor Angst hatte. Warum eigentlich? Aber wenn sie da schon von der Schwangerschaft wusste, dann macht das Sinn."

„Genau!“, sagt Sylvia. „Sie muss zumindest befürchtet haben, dass sie schwanger war. Und dann hatte sie schon wenige Wochen nach dem Tag ihrer Vergewaltigung diesen Theo getroffen. Wer weiß? – vielleicht ist da ja auch schon früh etwas gewesen, vielleicht auch nicht. Wenn ja, dann hätte sie ihm das alles verschweigen und ihr erstes Kind ihm unterschieben können.“

„Klingt nach Anna und Franz Wimmer“, wirft Matthias ein, aber Sylvia ignoriert es.

„Und wenn nicht, dann musste sie es ihm wohl gesagt haben. Er heiratet sie später aber trotzdem – oder vielleicht gerade deswegen.“

„Klingt nach wahrer Liebe.“

„Und dann wäre es auch leicht zu verstehen, dass sie das Kind später bei Onkel und Tante lässt. Welche Mutter würde so etwas tun?“

„Und welcher Vater würde seinen erstgeborenen Sohn abgeben?“

Wieder ignoriert Sylvia seinen Einwurf. Sie ist ganz und gar mit ihren eigenen Gedankengängen beschäftigt. Wie in einem Selbstgespräch nickt sie zufrieden vor sich hin.

„Und es würde auch erklären, warum sie ihren Cousinen gegenüber ihren Erstgeborenen verschwieg. Die wussten natürlich genau, wann sie weg gelaufen war und hätten eventuell Verdacht geschöpft, was zu Hause sicher zu neuen Spannungen beigetragen hätte.

„Und genau das hat sie sicher verhindern wollen."

„Klar!"

Je länger sie darüber nachdenkt, desto plausibler kommt ihr das Ganze vor, aber sie ist sich bewusst, dass es nicht mehr als eine Theorie ist.

„Wir wissen es nicht, und es wird auch wahrscheinlich kaum raus zu bekommen sein."

„Fährst du wieder nach New Holland."

„Ich weiß nicht. Es ist eine Familienangelegenheit. Nicht die unsere."

„Stimmt. Was geht uns die Sache eigentlich an?"

„Nichts. Ich warte ab, ob Marc sich wieder meldet."

„Und wenn nicht?"

„Keine Ahnung. Ich muss morgen wieder ins Büro. Nächste Woche bin ich wieder in Wien."

„Wir haben ja eigentlich noch ein anderes Thema."

Sie gibt nur ein unverständliches Geräusch von sich. Begeistert scheint sie nicht.

„Ich wollte schon am Wochenende kommen. Ich muss bei meinen Eltern vorbei schauen."

„Dann können wir uns sehen? Am Wochenende?"

„Sicher."
Matthias ist zufrieden.

Noch am selben Abend klingelt in Sylvias Hotelzimmer das Telefon. Es ist Marc.
„Können Sie kommen? Morgen?"
„Wenn Sie wollen, komme ich heute noch."
„Nein, das wäre nicht gut. Morgen!"
„Ok, morgen!"

15

Am nächsten Tag nimmt Sylvia sich nochmal frei und fährt nach einem späten Frühstück hinaus auf den Pennsylvania Turnpike in Richtung Westen. Auf der Gegenfahrbahn stauen sich die Fahrzeuge der Pendler, die in der Metropole Philadelphia erwartet werden. Die wenigen Autos, die mit ihr die Stadt verlassen, könnte sie leicht zählen. *Zu Resis Zeiten lief der Verkehr eher in die andere Richtung*, denkt sie sich.

Um 10 Uhr sitzt sie im Wohnzimmer des Anwesens von Marc van Gries und blickt hinaus auf die endlosen Felder, die sich direkt hinter dem Haus bis zum Horizont erstrecken.

Sie sitzt angespannt da mit einer Aktentasche auf ihren Knien, als warte sie auf einen Vorstellungstermin, und sie ist nervös wie vor einem Besuch beim Zahnarzt.

Als die Tür hinter ihr geöffnet wird, dreht sie sich um und steht auf. Marc kommt zuerst herein. Er macht ein ernstes Gesicht, als er dem älteren Mann hinter ihm den Vortritt lässt. Der Mann mag gut 70 sein, schätzt Sylvia. Sein Gesicht ist sonnengegerbt und freundlich. Mit federnden Schritten kommt er auf sie zu. Es ist klar, dass er Marcs Vater ist. Die Ähnlichkeit ist augenscheinlich. Marc stellt ihn vor.

„Hi, Sylvia. Das ist mein Vater, Richard, Richard van Gries. Dad, das ist Sylvia, Sylvia Staudacher, aus Deutschland."

Der Mann streckt ihr lächelnd die Hand entgegen.

„Dick", sagt er, und bevor Sylvia etwas antworten kann, setzt er hinzu „Grias di Gott."

Sylvia nimmt seine Hand zögerlich und lächelt verlegen.

„Grias eahna!", sagt sie. „Das klingt wie zu Hause", und sie lügt nicht.

Er drückt ihre Hand lange und fest und sieht ihr dabei tief in die Augen.

„Nicht wirklich, oder?", fragt er. „Aber ein paar Brocken sind noch übrig."

„Ein paar Brocken? Sie scherzen ..."

„Ach ja", sagt er, „so ist das oft bei alten Menschen: Wenn sie gegangen sind, was bleibt dann von ihnen übrig? Oft nur ein paar Brocken, die er oder sie oft gesagt haben sollen, nicht wahr?"

Sylvia sieht ihn mit großen Augen an. Einerseits ist sie begeistert von seinem Deutsch, andererseits weiß sie nicht genau, was er damit sagen will.

Er bemerkt ihre Irritation. „Egal. Setzen Sie sich doch bitte."

Sylvia setzt sich und lässt Richard nicht aus den Augen.

„Sie sind aus Prien?"

„Ja ... ich ... also ich bin momentan hier in Philadelphia, aber eigentlich leben wir in Prien, ja, seit Generationen."

Richard nickt.

„Marc hat mir schon einiges über Sie erzählt, und auch über Ihren Mann, der diese Moorleiche gefunden hat, diese Anna Wimmer, von der wir Briefe haben."

Sylvia fällt auf, dass sein Deutsch absolut perfekt ist, noch besser als das von Marc, und auch einen mehr als leichten bayerischen Akzent scheint er bewusst zu kultivieren.

„Das ist ja unglaublich", ruft sie aus. „Wie kommt es, dass Sie **so** perfekt Deutsch sprechen?"

„Meine Großmutter, Resi, die hat nie etwas anderes gesprochen. Ein bißchen Friesisch, später auch ein bisserl Englisch, nicht der Rede wert, mein Vater natürlich auch, aber es war die Großmutter, die darauf geachtet hat, dass ihre Sprache hier in der Fremde nicht ausstirbt."

„Verstehe." Sylvia nickt anerkennend. „Das hat Marc schon erzählt, aber dass es so gut geklappt hat, das ist erstaunlich."

„Sie hat es uns allen beigebracht, ob wir wollten oder nicht. Sie war da sehr kompromisslos."

„Und Sie lesen die New Yorker Staatszeitung?"

Sylvia weist auf den Stapel der deutschsprachigen Zeitung, die auf dem Tisch liegt und offenbar auch gelesen wird.

„Ja, und ich glaube wir sind auch eine der ersten Familien, die das Blatt abonniert haben."

„Wahrscheinlich auch eine der letzten", wirft Marc ein.

„Na, na, junger Mann", widerspricht Richard. „Wir sind auch sicher einer der treuesten Abonnenten. Resi hat sie damals bestellt. War die erste deutsche Zeitung, die sie in New York gefunden hat."

„Sie muss eine dominante Person gewesen sein ... Sie haben sie noch gekannt, ja?"

„O ja. Das kann man so sagen. Ich war 14, als sie starb, und ich war ihr letzter Enkel. Wir hatten ein sehr gutes Verhältnis, so gut, dass sie irgendwann angefangen hat, mir ihr Leben zu erzählen. Da war ich 10, und sie war 80 Jahre älter als ich." Er lacht kurz auf.

„Kurz vorher hatte sie diesen Unfall gehabt, mit dem Ochsen, und wahrscheinlich hat sie gespürt, dass sie sich davon nicht mehr erholen wird, obwohl sie danach immerhin noch ganze vier Jahre gelebt hat. Und in dieser Zeit haben wir viel geredet. Ihr Gedächtnis war fantastisch. Ich glaube, an fast jede Einzelheit aus ihrem Leben hatte sie eine Erinnerung. Und plötzlich hat sie ja mehr Zeit gehabt als vorher, ich manchmal nicht, aber ich habe ihr zugehört, und ich weiß das noch wie heute." Er macht eine Pause.

„Am Anfang hat sie gesagt, sie sei 10 gewesen, als ihr Vater starb, und er hätte ihr damals sein Leben erzählt und ihr gesagt, sie solle sein Leben, den Hof, weiterführen. Aber sie sei weggelaufen, weil sie keinen Ausweg gesehen hätte, und das hätte sie ihr Leben lang belastet. Sie hat es nicht bereut, aber sie wollte, dass ich das nicht tue, weglaufen. Ich habe ihr zugehört, ein paar Jahre lang, und später, nachdem sie tot war, habe ich angefangen, das alles aufzuschreiben, damit wir es nicht vergessen."

„Wissen Sie, dass wir – also eigentlich mein Mann – Briefe von ihr gefunden haben? – Briefe, die sie als junge Frau nach Deutschland geschrieben hat."

„Ja", sagt Marc. „Ich habe es ihm erzählt."

„Die würden mich auch sehr interessieren", sagt der Alte.

„Natürlich! Mein Mann hat sie. Sie werden sie selbstverständlich bekommen. Er hat sie abgeschrieben. Ich habe Ihnen die Ausdrucke schonmal mitgebracht. Hier ..."

Sie öffnet ihre Tasche und zieht eine Mappe heraus, die sie den beiden hinüber reicht. Richard nimmt sie dankend an sich und wirft einen flüchtigen Blick hinein.

„Uns ist aufgefallen“, sagt sie, während er liest, „es gibt da ein paar Dinge, die wir uns nicht erklären können. Sie schreibt unter anderem von einem Testament, das verschwunden sei.“

„Ja! Ich weiß!“ Dick nickt heftig, „Das war der eigentliche Grund ihrer Flucht.“

Sylvia schaut ihn fragend an und auch Marc scheint von dieser Sache nicht zu wissen.

„Therese Bachler, aus Hittenkirchen“, erzählt der alte van Gries und steht auf. Er geht zu der einen Wand, die voller Bilder hängt, und zeigt auf einen Stammbaum, den jemand mit Liebe zum Detail gezeichnet hat – *sicher Resi selbst*, denkt Sylvia.

„Geboren am 30. Januar 1845. Sie war das einzige Kind ihrer Eltern.

Ihre Mutter hieß Veronika Maria Wider, war aus Trautersdorf, geboren 1825, gestorben 1870, sehen Sie?“

Er zeigt auf die Namen, die Daten sowie die zugehörigen Geburtsorte.

„Ihr Vater war Maximilian Josef Bachler aus Hittenkirchen, 1815 bis 1855.“

Den Stammbaum hat Sylvia bei ihrem ersten

Besuch übersehen. Jetzt betrachtet sie staunend das größte Bild an der Wand und entdeckt unten rechts das Schmetterlingszeichen. Sie stellt fest, dass Resis Mutter eine geborene Dreier war. Den Namen kennt sie, denn das war der Mädchenname von Anna Wimmer.

„Ihr Vater ist früh gestorben“, sagt sie, „mit 40 Jahren.“

„Ja, und sie hat mir beschrieben, wie er gestorben ist, schrecklich. Es muss eine Krankheit gewesen sein, die wir hier Lou-Gehrig's-Disease nennen.“

Sylvia hat diesen Namen noch nie gehört.

„Ein Baseballspieler. Der hatte diese Krankheit in den späten 30er Jahren, genau zu der Zeit, als Resi mir ihre Geschichte erzählte. Beginnt in der Regel mit Muskelzuckungen, dann erlahmen die Gliedmaßen und später die Atemmuskulatur, unheilbar, auch heute noch.“

„Schrecklich.“

„Daran ist ihr Vater wahrscheinlich gestorben, 1855. Ihre Mutter hat wohl lange getrauert, aber 5 Jahre später, sie war 35 Jahre alt, hat sie wieder geheiratet, am 14. April 1860, und zwar den Ludwig Steinberger aus Wildenwart.“

Er zeigt auf den Namen, der im Stammbaum unter dem des Vaters vermerkt ist.

„Der Ludwig war Knecht auf dem Hof gewesen.

Er war 4 Jahre jünger als ihre Mutter. Der Vater hatte ihn selbst noch auf den Hof geholt, als er sah, dass er allein die Arbeit nicht mehr schaffen konnte."

„Verständlich", nickt Sylvia.

„Aber da hatte er sich den Falschen ausgesucht."

Sylvias Nicken stoppt abrupt.

„Da war dann die Sache mit dem Testament."

Er hält kurz inne.

„Ihr Vater hatte ihr vor seinem Tod den Hof vermacht. Sobald sie volljährig war, sollte sie den Hof übernehmen. Es gab ein Testament, das er zusammen mit einem Beamten, also einem Notar, aufgesetzt hatte. Ihre Mutter und Ludwig Steinberger hatten es als Zeugen unterschrieben."

„Und das ist dann verschwunden?"

Richard nickt.

„Irgendwann, ja. Ihre Mutter und ihr Stiefvater bekamen noch spät ein Kind, einen Jungen, das war 1865."

Er zeigt auf den Eintrag im Stammbaum.

„Und ein Jahr später, also 1866 wurde sie 21 und verlangte die Übergabe des Hofes, wie es das Testament ihres Vaters vorgesehen hatte. Aber das war weg, verschwunden."

„Aber es gab doch Zeugen, wie Sie sagen!"

„Sicher. Aber die leugneten natürlich alles. Ludwig sowieso, und die Mutter hielt zu ihrem neuen

Mann. Resi war sich sicher, dass er es vernichtet hatte."

„Und der Beamte? – wie Sie sagen – der Notar? Was war mit dem?"

„Der Notar! Genau! Bei dem sollte es angeblich hinterlegt worden sein. Aber der war da schon tot, und seine Witwe wusste angeblich nichts. Das Büro führte der Sohn, und der wusste auch von nichts."

Er seufzt laut auf.

„Tja, so war das. Resi war klar, dass ihr Stiefvater und der Notar, gemeinsame Sache gemacht hatten – oder auch mit dessen Witwe, denn mit der hat er wohl später auch noch was angefangen – genau wissen wir das nicht. Ist auch egal. Jedenfalls: Er wollte den Hof für seinen leiblichen Sohn, und Resi konnte er da nicht gebrauchen. Er tat alles, um sie vom Hof zu vertreiben."

„Alles? Was meinen Sie mit *alles*?"

Er sieht sie an, als ob er sich fragt, was sie weiß.

„Alles eben, und er hat es ja auch geschafft ...", sagt er beiläufig.

„... dass sie davon gelaufen ist."

„Richtig. Bis nach Amerika."

In seiner Stimme klingt ein gewisser Stolz an.

„Und da hat sie ihr erstes Kind bekommen."

Sylvia zeigt vorsichtig auf den Stammbaum, wo

unter Theresa und Theo van Gries sieben Kinder verzeichnet sind.

„Ihr erstes Kind war ein Junge“, sagt sie, „Johann, geboren in Amerika am 15. März 1867 … muss eine Frühgeburt gewesen sein, oder?“

Wieder schaut Dick sie fragend an. Dann sieht er hinüber zu seinem Sohn, und wieder auf den Stammbaum.

„Richtig“, mischt Marc sich jetzt wieder ein. „Das war doch der, den sie dann später bei seinem Onkel gelassen haben, als sie hier raus gezogen sind.“

„Sie haben ihr erstes Kind, ihren ältesten Sohn zurückgelassen?“, fragt Sylvia ungläubig.

„Ja. Und?“ Für Richard scheint das kaum Bedeutung zu haben. Sylvia zieht ihre Augenbrauen zusammen.

„Das ist doch nicht normal.“

„Ach, das sehen Sie heute zu eng. Ich nehme an, Sie haben keine Kinder. Damals gab es Kinder wie heute Katzen. Resi hatte da ja schon das zweite Kind, die Emily; und das dritte war unterwegs. Johann und seine Frau, also die konnten keine Kinder kriegen. Sie hatten ein paar Jahre zusammen auf der Farm in Cherry Hill gelebt, praktisch wie eine Großfamilie. Und als Theo und Resi weiterziehen konnten, da haben sie den kleinen Johann eben da gelassen, bei seinem Onkel, ja, es war seine Familie. Der hat das doch gar nicht gemerkt, und schlecht ist es ihm da nicht ergangen. Er trug ja auch den Namen des Onkels."

Sylvia glaubt zu spüren, dass er ihr nicht die ganze Wahrheit sagt. Sie ist sich jetzt sicher, dass mit diesem Johann irgendetwas nicht stimmt, traut sich aber nicht, ihren Verdacht von sich aus zu äußern.

„Resi hat dieses Kind auch in ihren Briefen nie erwähnt", sagt sie nur.

„Das ist seltsam, ja", sagt Richard so vorsichtig, dass Sylvia förmlich mit Händen greifen kann, dass er mehr weiß, aber sie akzeptiert, dass er es ihr nicht sagen will. Was geht es sie auch an?

„Der Kontakt zu ihrer Familie war ja auch nicht so gut. Sie hatte sich verraten gefüllt, Zeit ihres Lebens, und nachdem ihre Mutter sich umgebracht hatte, hat sie ja auch bald nichts mehr gehört."

„Sie sind sicher, dass sie sich umgebracht hat?"

Richard nickt energisch.

„Ja, ganz sicher. Resi glaubte, das sei das Eingeständnis ihrer Schuld gewesen – wegen des unterschlagenen Testaments. Damit hat sie nicht mehr leben können, dass sie deswegen ihre einzige Tochter verloren hatte. Und so ist sie ins Wasser gegangen."

Er schaut über Sylvia hinweg. Sie folgt seinem

Blick und bemerkt in der Ecke hinter sich ein Kruzifix.

„Es war ein Wink des lieben Gottes, hat sie immer gesagt, dass sie beide in *Übersee* gelandet sind, verstehen Sie?“

Sylvia weiß, was er meint, sagt aber nichts, denn der Gedanke macht sie betroffen.

„Später“, sagt Richard schließlich, „wollte sie doch wieder wissen, was in ihrer Heimat passiert war. Mein Vater Benjamin ...“ Er zeigt auf ein anderes Photo. „... das war ihr Jüngster. Der war im ersten Weltkrieg. Und als er ging, da war Resi schon über 70, in meinem Alter. Resi hat ihn gebeten, er soll schauen, dass er es bis nach Hittenkirchen hinauf schafft, um zu sehen, was aus der Familie und dem Hof geworden ist.“

„Er ist aber nicht bis nach Deutschland gekommen, oder?“

„Nein.“ Richard schüttelt den Kopf. „Verdun. Von da haben sie ihn wieder nach Hause geschickt.“

„Glück gehabt!“, sagt Sylvia. „Und in Hittenkirchen hat er auch nichts verpasst. Der Bachlerhof wäre ein trauriger Anblick gewesen.“

Er nickt. „Ja. Ich weiß“, sagt er leise.

Sylvia mustert ihn aufmerksam. Seine Augen sind lebendig und jetzt voller Erinnerungen.

„Sie waren in Deutschland, nicht wahr?", sagt Sylvia nach einem längeren Schweigen.

Er hört auf zu nicken und blickt sie wieder durchdringend an.

„Ja", sagt er schließlich, „ich war in Deutschland, 1945. Deswegen sind Sie ja eigentlich hier, aber das meiste – glaube ich – wissen Sie ja schon."

Sylvia nickt und schüttelt gleichzeitig den Kopf.

„Hören Sie bitte: Mir ist klar, das Ganze geht mich eigentlich nichts an. Ich habe kein Recht, Sie dazu zu befragen. Es hat sich alles einfach so ergeben. Seit ich dieses Buch in New York gesehen habe, hat sich alles einfach so ergeben."

Sylvia hebt die Hände, als wolle sie sich verteidigen.

„Schon gut. Setzen Sie sich doch bitte."

Er weist hinüber zur Couch. Sie nehmen wieder Platz und Richard schlägt die Beine übereinander. Er lehnt sich lässig zurück und wirkt jetzt trotzdem mit einem Mal fast ein wenig abweisend in seiner Mimik und Gestik.

„Es hat sich alles einfach so ergeben", wiederholt er ihre Worte. „Da haben Sie Recht. Genau so habe ich mich auch gefühlt."

Er erzählt jetzt, als habe er sich plötzlich dazu durchgerungen, eine Geschichte zu erzählen, die er bislang verschwiegen hat, als sei auf einmal alles egal.

„Ich bin spät einberufen worden, im Herbst 1944. Weihnachten war ich noch hier, und Anfang Januar 1945 haben sie uns nach Europa geschickt, Marseille. Ich war in der Division *Regenbogen*, wie mein Vater 30 Jahre zuvor. Er ist nur bis Verdun gekommen. Ich hab es weiter gebracht."

Er lacht kurz auf.

„Wir waren in Frankreich, in Bayern, und schließlich auch in Prien. Bis nach Traunstein bin ich gekommen. Da war der Krieg auch für mich zu Ende."

Er macht eine Pause, während die beiden ihn anstarren und darauf warten, dass er weiter erzählt. Sylvia merkt, dass auch Marc diese Geschichte nicht kennt.

„Zunächst war ich weit weg von den Gefechten, weit hinter meinen kämpfenden Kameraden, aber wir kamen der Front immer näher. In Bayern war ich praktisch mittendrin. In Schweinfurt und Nürnberg habe ich den Krieg kennengelernt. Dort hatten wir massive Kämpfe. Vor München aber gab es fast keine Kampfhandlungen mehr."

„München ist ohne einen Schuss gefallen, sagt man", wirft Sylvia ein.

„Sagt man das?" Er überlegt lange. „Das stimmt nicht. Wir haben das Lager in Dachau befreit. Da haben wir geschossen. Aber ich habe vorher noch mit einigen dieser Wachmänner reden müssen, die noch da waren. Die anderen waren längst weg."

Sylvia überlegt noch, was seine Worte bedeuten könnten. Während er schon weiter spricht, befällt sie eine Ahnung, was sich dort abgespielt haben muss.

„Die ganze Wehrmacht war schon in kompletter Auflösung. Die restlichen Truppen trieben wir eigentlich nur vor uns her, Richtung *Alpenfestung*, sagten sie, *chasing rats*, nannten wir es."

Wieder pausiert er kurz.

„Und die Zivilbevölkerung?", fragt Sylvia.

Richard zuckt mit den Schultern.

„Meist haben die Menschen uns begrüßt. Selten stießen wir auf Widerstand. Ab und zu gab es noch Schießereien, kleinere, so wie in Prien."

„Das steht im Priener Heimatbuch."

„Ich war da aber nicht dabei. Als ich nach Prien gekommen bin, das war am 4. Mai 1945, da war schon wieder alles ruhig. Es lag Schnee auf den Feldern, denn tags zuvor hatte es noch heftig geschneit, und die Kirschbäume blühten."

Man sieht ihm an, dass er die Bilder wieder vor Augen hat.

„Am 2. Mai waren wir in Rosenheim. Ich konnte mit dem Stadtkommandanten sprechen. Herr Honsalek hieß er. Ein vernünftiger Mann. Er hat uns die Stadt kampflos übergeben. Dann sind wir weiter, über Endorf nach Rimsting, und unsere Kameraden sind über die Autobahn Richtung Bernau, und von dort weiter nach Prien. Der Plan war, dass die Einheiten so das Westufer des Chiemsees von Süden und Norden her in die Zange nehmen."

Er macht mit den Armen eine Zangenbewegung.

„Am 3. Mai haben die Einheiten sich getroffen. In Prien."

Sylvia nickt.

„Wir haben in Prien natürlich die Häuser besetzt, vor allem die besseren."

Er lacht ein wenig.

„Ich weiß noch, wie ich mit meinen Kameraden zunächst in einem Haus in Trautersdorf war. Es war ja kalt damals, und wir merkten schnell, das Haus hatte keine richtige Heizung! Da sind wir wieder raus und ins Nachbarhaus. Da gab es eine Ölheizung, und da sind wir geblieben. Das Haus hatte auch eine Terrasse. Da saßen wir dann, haben die Füße auf die Brüstung gelegt und auf diesen Berg geschaut, den die Resi auch immer gemalt hatte: die Kampenwand. Und ich habe mir gedacht: *What a country!* Was für ein wunderschönes Land."

Sylvia hört dem alten Mann gebannt zu und spürt plötzlich, wie die Tränen ihr in die Augen steigen. In ihren Gefühlen ist sie auf einmal wie zuhause.

Nach einer Pause sagt er: „Am Freitag Abend wurde ich zu diesem Steinberger gerufen."

Er betont den Namen des Mannes.

„Gerufen?", fragt Sylvia kleinlaut. „Sie haben ihn verhört."

Richard schüttelt den Kopf.

„Nein, ich habe ihn nicht verhört. Ich habe nur übersetzt. Dieses Protokoll, das Sie gesehen haben, das habe ich als Dolmetscher unterschrieben."

„Dann waren sie aber dabei, als man den Bachler, also den Steinberger, verhört hat."

„Ja, ich war dabei. Er war einer von vielen Gefangenen, die wir in diesem Gasthaus bei der Kirche eingesperrt hatten."

„Kronprinz", nickt Sylvia.

Richard hört sie nicht, sondern fährt fort.

„Er war tags zuvor bei einer Schießerei in Prien aufgegriffen worden, nichts Schlimmes eigentlich. Aber dann ist er im Gefängnis einem Sergeant aufgefallen, weil er hinkte."

„Ja, stimmt, das wissen wir von seiner Schwester. Er hatte ein steifes Bein."

„Da hatte es nämlich noch einen anderen Zwischenfall gegeben. Noch eine Schießerei, am Morgen des 3. Mai. Er war bei einer Gruppe von Männern, die unsere Panzer aufhalten wollten."

„Bei der Aschauer Brücke?"

Sylvia erinnert sich daran. Matthias hat ihr erzählt, dass im Heimatbuch über einen Zwischenfall beim Aschauer Viadukt berichtet worden ist. Von einem Beschuss war die Rede, und von mehreren Toten.

„Hieß sie so? Ich weiß es nicht. Jedenfalls gab es am südlichen Ortseingang diese kleine Eisenbahnbrücke."

„Ja, genau", sagt Sylvia, „die gibt es heute noch."

„Dank uns", sagt der alte Mann, „denn die Männer wollten sie sprengen. Verrückt! Sie haben gemeint, sie können uns aufhalten, aber damit haben sie ganz Prien in große Gefahr gebracht."

„Wieso?"

„Wenn sie sie gesprengt hätten, hätten wir die Luftwaffe eingesetzt. Die Flieger standen südlich von München. Aber dazu kam es nicht mehr. Gott sei Dank. Die Männer sind beobachtet worden, von einer kleinen Einheit. Die lag nicht weit weg von der Brücke, um den Vormarsch der Panzer in der Flanke zu schützen. Natürlich hat es immer wieder kleinere Angriffe auf die Panzer gegeben. Wir hatten die Befürchtung, von der Anhöhe westlich der Hauptstraße beschossen zu werden. Deshalb haben sie dorthin mehrere Spähtrupps geschickt. Werden so jeweils 12 Mann gewesen sein."

„Und die haben die Männer erschossen?", fragt Sylvia.

Richard nickt.

„Der Sergeant hat mir später erzählt, was sie beobachtet hatten. Zunächst waren nur Zivilisten auf der Brücke. Darum haben sie abgewartet. Doch dann sind zwei Soldaten dazugestoßen. Es hat irgendwie einen kleinen Kampf unter ihnen gegeben, und dabei hat der Mann mit dem steifen Bein einen der Soldaten erhängt."

„O mein Gott. Und deshalb sind sie beschossen worden?"

„Der Sergeant hat gesagt, es war klar, dass sie die Brücke sprengen würden. Die Zeit drängte plötzlich. Zu spät, um die Flieger zu rufen, und unsere Leute waren gute Scharfschützen, nah genug dran, um sie unter Gewehrfeuer zu nehmen."

„Auch das steht im Heimatbuch. Das mit der Erhängung aber nicht."

„Es ist aber wahr. Als der Trupp die Brücke schließlich gesichert hat, da hat der Soldat sogar noch kurz gelebt. Die Schlinge war nicht gut gemacht. Hat sich nicht direkt zugezogen, sondern ihn langsam erwürgt. Meine Kameraden haben ihn runtergeschnitten. Sein Name war Hinterkofler,

Sebastian Hinterkofler, das haben meine Kameraden jedenfalls verstanden, dass er das noch gesagt hat, bevor er starb. Ich hab's mir aufgeschrieben, damals."

„Hinterkofler? Das ist kein Priener Name", wendet Sylvia ein, doch wieder hört Richard ihr gar nicht zu.

„Die anderen waren alle tot. Wissen Sie? Wir hatten damals ein fantastisches Gewehr, das M1. Ein guter Schütze traf damit auf 500 Yards. Der Hinker war uns davongekommen. Auf einem Motorrad ist er geflüchtet. Sie haben ihn fahren lassen."

„Und dieser Sergeant hat ihn dann im Kronprinz erkannt?"

„Ja, an seinem Hinken, wie er sagte, und dann hat man ihn gefragt, ob er am Morgen zuvor auf der Brücke war, und anscheinend hat er es direkt zugegeben. Er hatte keine Angst vor uns. Aber der andere Dolmetscher hat ihn so schlecht verstanden. Deshalb hat man mich zu ihm gerufen. So bin ich in die Sache reingerutscht."

Sylvia schüttelt den Kopf.

„Es gibt zuviele Zufälle in dieser Geschichte."

„Das hab' ich auch gedacht, als ich den Namen in der Akte zum ersten Mal sah." Er lacht.

„*Your name is Johann Steinberger?*, hat der Sergeant ihn gefragt, ich habe es übersetzt, und er hat uns das Kinn entgegen gestreckt und voller Stolz gesagt, er ist der *Bachler Hans* aus Hittenkirchen. So hat er sich genannt, der *Bachler Hans.*"

Richard nickt wie zur Bestätigung und sieht Sylvia an, als warte er auf eine Reaktion.

„Und da haben Sie gewusst, Sie hatten einen Verwandten vor sich."

„Verwandt? Ja und Nein! Mir war sofort klar, er kann ein Nachfahre des Stiefvaters meiner Großmutter sein. Verwandtschaft zu mir? Eher nicht."

Richard hebt den Zeigefinger und schwenkt ihn hin und her.

„Klar", sagt Sylvia, „das mit den Verwandtschaften, das bringe ich immer durcheinander. Egal. Und dann?"

„Ich hab dem Sergeant erstmal erklären müssen, wieso der Mann zwei Namen hatte, nämlich einen Hofnamen und einen Familiennamen."

„Haben in Amerika die Höfe nicht auch manchmal Namen?"

„Doch sicher", mischt Marc sich jetzt wieder ein. „Das stimmt, aber es ist nicht so, dass der Hofname auf die Leute übergeht. Gott sei Dank, sonst wären wir die *Freelander*, und das ist doch ein Auto." Er lacht.

„Freeland heißt die Ranch?"

„Ja. Resi hat ihr den Namen gegeben. Und Theo hat ihn akzeptiert, weil er so ähnlich wie Friesland klang.“

„Verstehe. Freies Land, das hat sie auch in einem Brief geschrieben“, murmelt Sylvia vor sich hin und fragt dann wieder: „Und dem Bachler, haben Sie dem gesagt, wer Sie sind?“

Richard schüttelt den Kopf.

„Es lag mir auf der Zunge, aber ich habe es runtergeschluckt. Nein, ich habe mich ihm nicht zu erkennen gegeben, und auch meinen Kameraden gegenüber habe ich es verschwiegen.“

„Warum?“

„Warum? Ich weiß nicht. Ich denke, ich wollte Abstand halten zu diesem Mann, von dem ich vorher schon gehört hatte, dass er einen Jungen ermordet hatte.“

„Einen Jungen? Wen meinen Sie?“

„Der Soldat auf der Brücke, das war noch ein Kind, haben meine Kameraden gesagt. Und es war Mord – ein feiger, nutzloser Mord an einem Kind.“

„Das wissen Sie so genau? Und auch, dass er es war?“

„Ja, er war es. Er hat es uns erzählt. Und er hatte sich nichts vorzuwerfen! Können Sie sich das vorstellen?“

„Nicht wirklich.“

„Und er hat auch andere Dinge erzählt. Wir haben ihn gefragt, was er nach seiner Flucht von der Brücke gemacht hat. Er sei mit seinem Motorrad nach Prien gefahren und habe Männer aus einem Lager in der Turnhalle geholt, Volkssturm hat er das genannt. Mit denen ist er weiter nach Rimsting gefahren, denn dort waren wohl sehr viele bewaffnete Soldaten, auch die SS. Sie hatten gehört, dass wir schon in Endorf sind, und dass es dort eine Schießerei gegeben habe. Sie wollten den Ort am Nordausgang verteidigen, obwohl der Bürgermeister die weiße Fahne gehisst hatte. Dafür haben sie ihn verhaftet."

„Die SS hatte den Rimstinger Bürgermeister verhaftet?"

„Ja. Und das war nicht ungewöhnlich. Genau eine Woche vorher waren wir in Aibling gewesen. Dort hatten der Pfarrer und der Lehrer die Hakenkreuzfahne vom Kirchturm genommen und durch die bayerische Fahne ersetzt. Dafür waren sie von SS-Leuten erschossen worden. Sie müssen die Panzer schon gehört haben, als sie abdrückten."

„Schrecklich", sagt Sylvia.

„In Rimsting hatten sie schon einen Graben ausgehoben. Sie hatten Panzerfäuste. Aber irgendwie haben die Rimstinger es geschafft, dass sie wieder abgezogen sind. Die meisten Leute wussten ja, wie es stand, nur: couragiert waren wenige. Als wir um halb drei da waren, da haben wir nur weiße Fahnen gesehen."

„Und der Bachler war weg?"

„Er hat uns gesagt, er sei mit einigen anderen Soldaten auf Motorrädern zurück nach Prien gefahren. In der Bernauer Straße sind sie dann in diese Schießerei geraten. Dabei ist dann noch ein unbeteiligter Zivilist erschossen worden. Aber die Soldaten konnten fliehen. Wir haben sie laufen lassen, aber den Bachler, den haben wir gefangen. Ausgetrickst haben sie ihn. Ein Neger hat ihm plötzlich von hinten das M1 in die Rippen gebohrt, und er hat sich vor Schreck in die Hosen gemacht, weil der hatte doch noch nie zuvor einen Schwarzen gesehen."

Richard lacht leise vor sich hin.

„Auf die Neger hat er geschimpft in dem Verhör. Unglaublich, dieser Mensch. Angst hatte der nicht vor uns. Er hat uns immer in die Augen geschaut. Viele andere haben es geschafft, uns während des Verhörs nicht ein einziges Mal anzusehen. Ein schlechtes Zeichen, haben wir da immer gedacht. Bei ihm war das anders. Seine Einstellung war unglaublich. Er hat mich irgendwann gefragt, warum ich so gut Deutsch spreche. Ich hab ihm geantwortet ‚*Wir stellen die Fragen*', und da hat er gesagt

‚A Negerfreind, der wo boarisch red!‘ Unglaublich, oder?“

Wieder lacht er leise und schüttelt dabei den Kopf.

„Was hatte er denn zu befürchten?“, will Sylvia wissen.

Richard wird nachdenklich.

„Das ist ja die Sache: Nichts! Natürlich hätten wir ihn laufen lassen. Er war ein kleines Licht, ein mieser Kerl, aber ein kleines Licht. Wir hätten ihn noch ein paar Mal nach irgendwelchen Hintermännern befragt, aber nach ein paar Tagen, vielleicht Wochen, hätten wir ihn doch laufen lassen. Da gab's andere, hinter denen wir her waren. SS und Gestapo, das waren unsere Leute.“

„Und Sie meinen, das wusste er?“

Richard nickt bestimmt.

„Er hatte Kontakt zu einem General, Breithaupt, Franz Breithaupt. Den hatten wir schon gefunden, erschossen.“

Sylvia kann sich erinnern. Auch das stimmt mit den Informationen im Heimatbuch überein.

„Wissen Sie, von wem?“

Richard verneint und sieht aus dem Fenster.

„Vielleicht war er es. Wir waren es jedenfalls nicht. War uns auch egal. Wir hätten ihn laufen lassen müssen“, wiederholt er.

Es entsteht eine längere Pause, die Sylvia irgendwann unterbricht.

„Und dann haben Sie ihn erschossen ...!"

Marc zuckt zusammen. Richard bleibt ruhig und spitzt nur die Lippen. Dann sieht er langsam zu den beiden hinüber und sagt: „Ja. Dann habe *ich* ihn erschossen", und nickt dazu.

16

Marc fährt auf: „Oh my God, Dad." Doch Richard bleibt vollkommen ungerührt.

„Am Sonntagmorgen um 4 Uhr habe ich ihn mir geholt ... zum Verhör haben wir ihm gesagt ... Sergeant Hill und ich. Aber dann bin ich alleine mit ihm gegangen. Er war erstaunt, der Bachler, aber er ist ohne Gezeter mitgegangen. Wir sind hinten raus. Da war eine Gärtnerei, und gegenüber war ein großes Herrschaftshaus."

„Der Lechner", fügt Sylvia ein, und Richard stoppt kurz, aber den Namen kennt er nicht.

„Er hat gemeint, dass ich ihn dorthin bringe, aber wir sind weiter gegangen, in den Wald dahinter."

„Das Eichental", unterbricht Sylvia wieder, aber auch dieser Name sagt Richard nichts.

„And then?" Marc wird immer ungeduldiger, aber Richard lässt sich nicht antreiben, sondern erzählt in ruhigem Ton und gefasst weiter.

„Dann hat er gemerkt, dass etwas nicht stimmt. Wie sind ein paar hundert Meter gegangen. Bis zum Fluss. Es dämmerte. Da war ein Stauwehr in der Prien. Der Fluss hatte damals viel Wasser, denn es war ja vorher noch dieser ganze Schnee gefallen, im Mai. Da habe ich ihn hingesetzt, auf so einem

Mauervorsprung bei der Schleuse, und ihn gefragt, ob er die Bachler Resi kennt. Er hat mich groß angeschaut und gefragt *Resi? Wos füra Resi?*"

Ohne Mühe spricht der Alte die Worte akzentfrei aus, und während er in ruhigem Tonfall weiter erzählt, sieht Sylvia das, was sich an jenem Sonntagmorgen am 6. Mai 1945 an der Prien im Eichental abgespielt hat, in Bildern vor sich.

„D'Bachlerin, z'Hittnkiacha."

„Des is mei Schwester", sagt der Bachler, „aba de hoast ned Resi."

„Wie heißt dein Vater?"

„Ludwig, Ludwig Steinberger, aba der lebt scho nimma, seit zwanzg Johr scho nimma."

„Und die Mutter von dem, deine Großmutter? Wie hieß die?"

„Wos soi des?", fragt er unwirsch, aber der Soldat bleibt stumm und legt mit einem Ruck das Gewehr auf ihn an. Zum ersten Mal kann er die Angst in den Augen des Johann Steinberger sehen.

„Veronika", sagt er ängstlich. „Veronika Bachler."

Erst jetzt ist der Amerikaner sich sicher, dass er den richtigen Mann vor sich hat.

„Die hatte auch eine Tochter: Therese. Weißt du das?"

„A, de moanst? De woaß i scho, de is davo, ..."

Er macht eine Pause, als wenn ihm plötzlich etwas klar wird. „... auf Amerika", setzt er leise hinzu.

Der Soldat spannt den Hebel.

„Wos is mit der?", schreit der Bachler ihn an.

„Sie war das Kind deiner Großmutter, die junge Frau, die dein Großvater vergewaltigt und vom Hof vertrieben hat, vom Bachlerhof, der ihr hätte gehören sollen."

Der Mann macht einen Schritt zurück und zieht vor Angst und Unsicherheit die Schultern hoch. Seine Hände sind hinter seinem Rücken mit einem Strick gefesselt.

„Wos redst jetz für an Schmarrn? Des woaß i ned."

Seine Stimme klingt verzweifelt. Er macht noch einen Schritt zurück.

Der Soldat senkt das Gewehr abrupt und drückt ab. Die Krähen fliegen erschreckt auf. Die Kugel schlägt im gesunden Bein des Mannes ein. Er fällt auf die Knie und schreit vor Schmerz laut auf.

„Loss mi geh", fleht er ihn an. „I gib da wos ... in dem Stadel ... wo der General glegn is ... im Viehdrog ... da hob i an goidenen Kessel versteckt ...", winselt er, „den konnst habn, aber loss mi geh!" schreit er mit beinah letzter Kraft.

Der Amerikaner spürt die Verzweiflung des Mannes, der vor ihm kniet, aber er blickt nur voller

Verachtung auf den Bachler und drückt wieder ab.

„Sag' mir, warum ich dich nicht erschießen sollte! Nenn' mir nur einen verfluchten Grund!"

Der Schuss trifft Johann Steinberger in den Bauch. Er schaut noch einmal zu dem Soldaten auf, als könne er das alles nicht glauben. Dann sackt er nach vorne und schlägt mit dem Gesicht hart auf dem Beton auf. Den Kopfschuss hört er nicht mehr.

Der schwere Körper des Mannes fällt von der Mauer neben dem Stauwehr in den Fluss und wird schnell vom Wasser der Prien davongetragen.

Als Richard schon lange wieder schweigt, verblassen die Bilder langsam vor Sylvias Augen. Sie hält sich die flache Hand vor den Mund und schaut zu Boden. Aus den Augenwinkeln sieht sie, dass Marc seinen Vater anstarrt, während Tränen über sein Gesicht laufen.

Richard sieht die beiden nicht an. Irgendwann beendet Marc vorsichtig das beklemmende Schweigen.

„You shot an unarmed man?", fragt er leise, ohne eine Antwort zu erwarten.

Richard macht mit der Hand eine wegwerfende Bewegung, als wolle er sagen: *Nicht der Rede wert.*

„Ein paar Tage später", gibt er zur Anwort, „bin

ich hinter Traunstein gewesen. An einem Waldrand hatten wir mehr als 60 Tote gefunden. Wehrlose Männer, Frauen, Kinder. Erschossen von den Wachleuten der Lager, aus denen man sie herausgetrieben hatte, bevor wir da sein konnten ... 60 wehrlose, geschundene Menschen."

Marc sieht Sylvia an. Sie nickt ihm kaum merklich zu „Ja, ich weiß davon. Surberg heißt der Ort."

„Von da aus durfte ich wieder nach Hause. Auf dem Rückweg habe ich den goldenen Kessel in den Chiemsee geworfen."

„Den der Bachler Ihnen geben wollte?"

Der Alte holt tief Luft und schaut jetzt langsam wieder zu ihr hinüber.

„Ich hab ihn mir geholt. In dem Stall, wo wir den General gefunden hatten, da hatte er ihn versteckt. Ich dachte erst, es könnte ein Erbstück aus unserer Familie sein. Dann hätte ich ihn sicher mitgenommen, aber das war es nicht ...", er überlegt kurz. „Vielleicht hätte ich das Ding bei den Bachlers abgeben sollen ..."

„Sind Sie auf dem Bachler Hof gewesen?", fragt Sylvia vorsichtig.

Richard wiegt seinen Kopf leicht hin und her, als sei er unschlüssig. Sylvia meint darin eher ein Nicken zu erkennen.

„Beim Lindenwirt hatten sie seine Leiche gefunden. Man sagte, sie haben einen Deutschen im Wasser gefunden. Einen, den keiner vermissen würde."

„Er hatte eine Schwester", sagt Sylvia leise.

„Ja, ich weiß. Wir haben ihn der Familie übergeben. Die Schwester, ja, die war da und hat ihn identifiziert, und mitgenommen. Ich glaube, sie hat nicht einmal um ihn geweint. *Danke*, hat sie gesagt, *Danke.* Können Sie sich das vorstellen?"

Sylvia weiß nicht, ob sie das kann.

17

Noch am selben Tag ruft Sylvia bei Matthias an.

„Mein Gott, Sylvia“, sagt er, nachdem er Richards Geschichte gehört hat. „Wir müssen das Heimatbuch neu schreiben. Dafür werden sie dich mit der Blaskapelle empfangen.“

„Lieber nicht“, winkt Sylvia ab. „Ich denke, wir werden das erstmal für uns behalten.“

„Warum? Das ist doch eine Story.“

„Es ist eine Familienangelegenheit, und es geht uns schließlich nichts an.“

„Blut ist dicker als Wasser?“

„Wenn du so willst, ja!“

„Und dein Vater? Was sagst du dem?“

„Dem sagen wir auch nichts.“

Sie sind sich schnell einig, dass sie es für sich behalten werden.

In der darauf folgenden Woche muss Sylvia wieder nach Wien.

Sie fliegt schon am Freitag in Philadelphia ab und kommt über Frankfurt nach Salzburg. Matthias holt sie dort am Samstag Mittag ab und fährt sie nach Prien, zu ihren Eltern.

„Am Sonntag abend muss ich weiter nach Wien“, sagt sie beim Aussteigen.

Sie verabreden sich für den Sonntag Morgen zu einem gemeinsamen Frühstück.

„Ich habe aber nichts im Kühlschrank“, sagt Matthias und denkt an die Postkarte aus New York, die immer noch dort hängt.

„Kein Problem“, meint Sylvia. „Dann gehen wir halt aus. Wie wär's mit dem *Bayerischen Hof*?“

„Zum Frühstück? Kann man da frühstücken?“

„Keine Ahnung. Nennen wir es Frühschoppen! Dann geht's sicher. 11 Uhr!“

Sie war schon immer sehr pragmatisch.

Am Sonntag Morgen sitzt er schon weit vor 11 Uhr im Bayerischen Hof und wartet ungeduldig auf sie. Er hat sich den Platz direkt neben dem Eingang ausgesucht und drückt sich unsicher in die Ecke zwischen dem wuchtigen Kachelofen und der holzvertäfelten Wand.

Nach und nach füllt sich der Raum mit den Männern, die nach der Kirche zum Frühschoppen kommen. Die Einheimischen sind überrascht, ihn dort zu sehen, grüßen ihn aber freundlich und stecken die Köpfe zusammen. Sie sehen ihn aus den Augenwinkeln an und tuscheln.

„Is des ned der Mo vo der Thannerin?“

„Freili!“

„Der wo die Leich gfunden hod?“

„I glaab scho."
„Da Samabeagla?"
„Kannt scho sei."
Seinen Namen würden die wenigsten wissen.
Nervös trommelt er mit den Fingern auf der Tischplatte.

Sylvia ist pünktlich.
Sie kommt mit schnellen Schritten herein, nickt kurz in die Runde, und nimmt bei ihm Platz.
Ihr Vater hat von dem Bachler gehört, erzählt sie mit gedämpfter Stimme, von der Schießerei und der Verhaftung, auch von seinem Tod, und dass der Metzger Eisenrichter ihn gefunden hat, in der Prien, aber was bei der Brücke passiert ist, das weiß er nicht.
„Und ich habe es ihm auch nicht gesagt. Wir werden es für uns behalten, denn ansonsten müsste man wirklich das Heimatbuch umschreiben, stellenweise zumindest, und wer will das schon?"
„Verstehe", sagt Matthias.
„Und weißt du, was sie mit der Moorleiche machen?", fragt sie so, dass Matthias merkt, sie kennt die Antwort.
„Mit der Anna? Sag nicht, sie kommt ..."
„Kommt nicht! Gott sei Dank. Das Deutsche Museum will sie haben. Die haben eh schon so

einen Kahn aus dem Langbürgner See. Da wollen sie sie reinlegen."

Matthias zieht die Augenbrauen zusammen.

„Wie geschmacklos."

„A geh. Passt scho. Hätte hier nur zu vielen Fragen geführt. Das will doch keiner."

Sie lacht dabei.

Dann gehen sie noch einmal gemeinsam die Geschichte durch, die Richard erzählt hat.

„Ach ja, noch was", sagt Sylvia schließlich, während sie gleichzeitig noch einen Kaffee bestellt. „Der Soldat, den sie an der Brücke erhängt haben, der lebte noch, als die Amerikaner ihn runtergeschnitten haben. Er hieß wohl Hinterkofler, Sebastian Hinterkofler. Kein Hiesiger."

Matthias zuckt zusammen. Er weiß zunächst nicht warum, aber der Name ist kürzlich irgendwo vorgekommen. Kurz wünschte er, er hätte Sylvias Gedächtnis.

„Und wie geht es der Evi?"

„Evi?" Matthias ist mit seinen Gedanken woanders.

„Heumann!"

Schlagartig fällt es ihm ein. Heumann, Hinterkofler, Ruhpolding ...

Das war der Name ihrer Schwägerin. Deren

jüngster Bruder war im Krieg vermisst worden.

„Ich hoffe, es ist nur ein Zufall“, sagt er leise nachdenklich.

„Was meinst du? Was ist ein Zufall?“, fragt Sylvia, während sie gleichzeitig den Kaffee in Empfang nimmt. „Dankschön, Frieda.“

„Ach nichts“, sagt Matthias und denkt angestrengt nach. „Das wäre zuviel.“

„Tja, es gibt viele Zufälle in dieser Geschichte“, sagt Sylvia mit einem Seufzer und pustet vorsichtig in die Dunstschwaden über ihrer Kaffeetasse.

… und noch ein paar wichtige Bemerkungen

Ich danke recht herzlich …

meiner Frau Isabelle, die Sylvia in ‚Blut und Wasser' das Leben gerettet hat.

meinen Freunden Barbara Englbrecht, Franz Fritz und Hans Mayer, weil sie in Fragen der baierischen Sprache unbestechlich sind und dem Text Stimme und Klang verleihen.

… und nicht zuletzt Markus B. Eberwein, der mich zu Pendragon gebracht hat.